Louise Desjardins est née à Rouyn-Noranda, en Abitibi, où elle habite encore aujourd'hui. En 1992, elle obtient une maîtrise ès arts (littérature canadienne comparée) à l'Université de Sherbrooke. Elle s'est d'abord fait connaître comme poète et compte à son actif plus d'une dizaine de recueils, dont *La 2ᵉ Avenue* pour lequel elle a été finaliste au Prix du Gouverneur général (poésie) en 1995. Elle a publié plusieurs nouvelles, notamment dans *Stop*, *Mœbius* et *Arcade*. Louise Desjardins est également traductrice de poésie (*Politique de pouvoir*, de Margaret Atwood) et la biographe de Pauline Julien. Son premier roman, *La love* (Leméac, 1993), lui a valu le Grand Prix du Journal de Montréal et le Prix des Arcades de Bologne. Son second roman, *Darling*, a été publié chez le même éditeur en 1998.

LA LOVE

L'amour se révèle à la jeune Claude Éthier en la personne d'Eddy Goldstein, un beau grand six-pieds, juif d'origine, un peu hâbleur. Claude est déterminée à vivre sa passion jusqu'au bout, envers et contre tout, aussi intensément que dans les films de «love» qui nourrissaient son imaginaire d'adolescente dans les années cinquante. S'affranchissant des tabous et des préjugés, Claude quitte son Abitibi natale et poursuit son apprentissage de l'amour à travers la découverte d'autres horizons et d'autres hommes. D'espoirs en désillusions, ses expériences amoureuses ne parviennent pas à lui faire oublier son premier amour, mais lui permettent de découvrir, sous son rêve d'adolescente, le vrai visage de son désir.

LA LOVE

DE LA MÊME AUTEURE

Rouges Chaudes, suivi du *Journal du Népal*, Montréal,
  Éditions du Noroît, 1983
Petite sensation, Montréal, Éditions de l'Estérel, 1985
Les verbes seuls, Montréal, Éditions du Noroît, 1985
La catastrophe, en coll. avec Élise Turcotte, Montréal,
  Éditions de la Nouvelle Barre du jour, 1985
La minutie de l'araignée, Montréal, Éditions de la Nou-
  velle Barre du jour, 1987
La 2ᵉ Avenue, Montréal, Éditions du Noroît, 1990,
  l'Hexagone, 1995
Le désert des mots, Amay, Belgique, Le buisson ardent,
  1991
Poèmes faxés, en coll. avec Jean-Paul Doucet et Mona
  Latif-Ghattas, Trois-Rivières, Écrits des Forges, 1994
Politique de pouvoir, poèmes de Margaret Atwood, tra-
  duction de Louise Desjardins, Montréal, l'Hexagone,
  1995
Darling, Montréal, Leméac, 1998
Pauline Julien, la vie à mort, Montréal, Leméac, 1999

Louise Desjardins

La love

Nouvelle édition

BIBLIOTHÈQUE QUÉBÉCOISE

BQ BIBLIOTHÈQUE QUÉBÉCOISE est une société d'édition admi-
nistrée conjointement par les Éditions Fides, les Éditions
Hurtubise HMH et Leméac Éditeur. Bibliothèque québécoise remercie le ministère du Patrimoine canadien du soutien qui lui
est accordé dans le cadre du Programme d'aide au développement de
l'industrie de l'édition. BQ remercie également le Conseil des Arts du
Canada et la Société de développement des entreprises culturelles du
Québec (SODEC).

BIBLIOTHÈQUE QUÉBÉCOISE bénéficie du Programme de crédit d'impôt
pour l'édition de livres du Gouvernement du Québec, géré par la
SODEC.

Conception graphique : Gianni Caccia
Typographie et montage : Dürer *et al.* (MONTRÉAL)

Données de catalogage avant publication (CANADA)
Desjardins, Louise, 1943-
La love
Éd. originale : Montréal : Leméac, 1993.
Publ. à l'origine dans la coll. : Romans/Leméac.
ISBN 2-89406-190-0

I. Titre.

PS8557.E782L68 2000   C843'.54   C00-941703-6
PS9557.E782L68 2000
PQ3919.2.D47L68 2000

Dépôt légal : 4ᵉ trimestre 2000
Bibliothèque nationale du Québec

IMPRIMÉ AU CANADA

*À Renaud
et à Simon*

Certains jours, le gaz de la mine envahit le ciel de Noranda et nous fait tousser. Une odeur âcre nous arrive dans le nez et nous donne envie de vomir. À Rouyn, c'est pire, disent les gens de Noranda, toujours pire, parce qu'il y a des hôtels, de la débauche et du péché. Pour s'y rendre, rien de plus facile : il faut longer le lac Osisko, en face de l'hôpital, tourner à gauche et s'engager sur la *Main*. La vie se met à vivre dans le rouge des néons et dans le sous-sol de l'hôtel Radio, au Radio Grill. À Noranda, c'est plate à mort.

Je vais souvent prendre un coke au Radio Grill, un des quatre restaurants chinois de la ville. Ma mère ne veut pas que j'y aille après l'école parce que c'est commun, dit-elle. Des après-midi d'extravagance, quand me prend un goût d'interdit, je m'offre une patate sauce en lorgnant les plats de poulet aux amandes que mangent des adultes un peu soûls, bien assis sur leurs banquettes vert émeraude capitonnées. Ils se dégrisent un peu avant de retourner dans le lounge, juste à côté. Je mets des dix cents dans le sélecteur de table du jukebox et je fais jouer la même chanson, toujours : *Love Me Tender*.

Des filles plus âgées que moi parlent haut et fort dans ce restaurant. Sandra Dubreuil, entre autres, raconte en détail ses expériences amoureuses avec un sans-gêne qui m'attire beaucoup. Ses discours sur les French kisses et les 69 m'intéressent bien plus que les sermons du curé et constituent pour moi la représentation ultime de la luxure.

Je cherche à savoir. Ma mère passe son temps à dire que l'amour est la chose la plus importante dans la vie. Pour moi, l'amour, c'est comme l'amour du bon Dieu, l'amour de ses parents, l'amour de son prochain: quelque chose qui se passe au ciel entre les anges. Par contre, quand on regarde des revues d'acteurs et qu'on voit un homme et une femme qui s'embrassent, mes frères et moi, on appelle ça de la love, une chose mystérieuse qui se passe entre un homme et une femme et qui a un rapport avec un des sept péchés capitaux, la luxure, ou avec un des dix commandements, l'œuvre de chair en mariage seulement.

À part quelques films de love et le livre *Toi qui deviens femme déjà*, que ma mère m'a donné pour mon treizième anniversaire, Sandra est ma seule source de renseignements. À dix-sept ans, elle a les cheveux teints au peroxyde, une peau de riche, sans boutons, jamais grasse.

Les filles ont toutes des chums. Moi non. Pas encore. Parfois, en jouant au base-ball avec mes frères, je fais la vache et Ronnie Turner m'entraîne avec lui pour chercher la balle derrière les traques, dans le fossé. Les traques sont juchées sur un long trassel toujours encombré de wagons de minerais qui avancent et qui reculent. J'ai l'impression qu'ils ne vont jamais nulle part. Quand on cherche la balle, Ronnie et moi, on fait semblant de ne pas la trouver et on s'accroupit sur la moque. Là, parmi les quenouilles, on s'embrasse comme dans les films de love. Je trouve ça très agréable. La moque sent la rouille sous nos pieds. La rouille ou les égouts. Mon père, qui sait tout, dit que les déchets de la mine forment cette croûte épaisse. Ronnie met sa langue dans ma bouche, on mélange nos langues. Il m'apprend que «moque» s'écrit *muck*, que c'est un mot anglais. L'autre jour, il m'a révélé que le mot «trassel» s'écrivait *trestle*, et ça m'a bien déçue aussi. Chaque fois que j'apprends qu'un mot s'écrit d'une façon différente de celle que j'avais imaginée, c'est comme s'il m'échappait et ne m'appartenait plus. Par exemple, depuis que je suis toute petite, j'ai toujours pensé que les ponts de métal sur lesquels passent les trains s'appelaient des «trassels» et je croyais dur comme fer que ce mot s'épelait T-R-A-S-S-E-L. Maintenant, je ne sais plus comment dire ça en français. Il doit pourtant y avoir un mot. Personne ne le connaît. Même pas mon père, qui est pourtant un parfait bilingue.

Quand Ronnie me parle doucement et qu'il m'embrasse, j'ai l'impression d'être une vraie fille. Mais je n'ose pas rester trop longtemps cachée dans les quenouilles derrière les traques. J'ai peur que mes frères ne s'en aperçoivent. Ils me surveillent tout le temps, surtout Coco et Bernard, au cas où je ferais une bêtise. Eux, ils font beaucoup de mauvais coups, et je suis toujours là quand ils les font. Je dis tout à ma mère. C'est elle qui décide si, de son côté, elle va tout raconter à mon père. Elle mesure toujours la portée de ses paroles, ma mère. Si mon père a trop mal à la tête, elle ne dit rien. S'il arrive de bonne humeur, alors elle peut se permettre de lui annoncer tranquillement que Bernard a cassé une vitre ou que Coco a perdu vingt dollars en allant faire des commissions. Ils font tellement de bêtises, mes deux grands frères, qu'elle a l'embarras du choix quand mon père arrive. Heureusement, elle ne raconte pas tout. Elle dit qu'il faut user de diplomatie, qu'on doit s'arranger pour que mon père ne soit pas trop trop fâché. D'une manière ou d'une autre, mon père est presque toujours soucieux. Il a des gros plis creusés entre les sourcils derrière ses lunettes. Il a son mal de tête : ma mère dit qu'il travaille trop fort, qu'on est trop tannants, qu'il digère mal. J'ai très peur de lui, et mes frères aussi. Ma mère est la seule à ne pas avoir peur de lui. Du moins, elle fait comme si elle n'avait pas peur. Elle seule sait lui parler, le soir, dans la chambre à coucher. On les entend chuchoter, puis après, plus rien.

Danielle Dusseault trouve que mon père est très drôle, qu'il ressemble à Cary Grant. Mais ce qu'elle ignore, c'est qu'il est drôle seulement quand il y a de la visite. Autrement, entre nous, il a ses yeux de mal de tête. Il ne se gêne pas pour donner des volées à mes frères (une chance que moi, il ne me touche pas), et ma mère lui donne entièrement raison : elle ne dit rien ou bien, quand tout est fini et que le silence s'écroule sur notre peine, elle ramène les choses à l'ordre en décrétant qu'ils la méritent, la volée, que ce sont des garçons, qu'il faut les dompter. Et mon père va lire son journal, tout apaisé. Je reste dans ma chambre le plus longtemps possible. Si mon père me frappait, j'en mourrais. Je fais tout pour qu'il m'oublie. Je me retiens parfois de respirer.

Mes frères sont plus braves que moi parce que, même s'ils savent qu'ils auront la volée, ils ne se gênent pas pour faire des mauvais coups. Mais ils s'arrangent pour rester le moins possible dans la maison et pour ne rentrer qu'à l'heure des repas.

À table, on s'assoit toujours à la même place : mon père, à un bout, ma mère, à l'autre bout, Jacques (dit Coco) et Bernard, les deux plus vieux, d'un côté, Lucien et moi de l'autre. Lucien est juste un peu plus jeune que moi et c'est mon frère préféré. Il est le seul à ne pas me traiter de femelle, à ne pas menacer de me battre. Maurice, le bébé, est dans sa chaise haute, près de ma mère, et il s'endort régulièrement dans son bol de soupe. On mange dans une véritable cacophonie et on s'arrange pour sortir de table au plus vite. Parfois mon père est en forme et il crie : « Silence ! », puis il se met à réciter des poèmes en anglais, qu'il a appris au collège de Sudbury. On dirait que ces poèmes-là sont gravés dans le granit de sa mémoire. Les mots *sweet* et *love* reviennent souvent et on voit bien qu'il s'agit de grandes amours. Ma mère, qui ne sait pas l'anglais, sourit et soupire un peu en ramassant la vaisselle. Il raconte aussi des histoires de bois, interminables et belles, avec des ours, des loups, des lacs gelés. Il réussit à vaincre tous les dangers, et je l'admire un instant. On écoute poliment. Puis quelqu'un (habituellement Coco) renverse un verre de lait ; mon père revient alors dans son état naturel et fronce les sourcils en criant « maudit bâtard de viarge ». Ma mère s'arrange pour tout ramasser à la vitesse de l'éclair, et un silence de plomb nous fige tous.

Mes frères me traitent de « plus grande bavasseuse de la terre ». Ils voudraient bien me malmener davantage, mais ils n'osent pas parce que je raconte toujours tout. C'est mon arme contre Coco et Bernard, et ils me détestent. Ça tombe bien, je les déteste moi aussi. J'aime mieux mes deux petits frères, Lucien et Maurice. Mon père, spécialiste des surnoms, les appelle Lulu et Momo. Quand son mal de tête le délaisse un peu, il fait des blagues qu'il trouve très drôles. Une de celles-là, c'est mon surnom : la Suffragette. Je ne vois pas ce qu'il y a de comique là-dedans, mais la visite rit beaucoup de mon surnom. Surtout ma tante Alphonsine.

Quand Ronnie m'embrasse, j'ai très peur parce que je sais que c'est défendu. Au fond, j'ai peur d'être enceinte. Je pense que « frencher » veut dire « faire l'amour » et que les bébés viennent quand on les veut, comme ça, par un acte de volonté pure et simple, en s'embrassant. Cette méthode de fertilisation concorde parfaitement avec la théorie de l'opération du Saint-Esprit.

Depuis quelque temps, j'ai l'œil sur Eddy Goldstein. Sandra passe son temps à dire qu'il est sexy parce qu'il joue de la guitare. Du western et du rock'n'roll. Elle dit que, quand il gratte les cordes de sa guitare, c'est comme s'il la chatouillait. Je la trouve un peu folle, mais ses histoires me font rêver. Des doigts qui inventent des airs et qui caressent... J'aime la musique, surtout le rock'n'roll. J'apprends le piano, mais je ne joue que des sonates, des fugues et des menuets. De la musique de l'ancien temps. Du Clementi, du Czerny. Ma mère aime le classique, le vrai. Du Bach, du Rachmaninov. Mon père aime *Mantovani and His Orchestra, La Méditation de Thaïs*, les belles chansons d'amour et le western western. Quand je fais mes gammes, ça lui donne mal à la tête et il crie : « Mais c'est-tu plate, c'te musique-là. » Ma mère vient me demander gentiment d'arrêter, ce qui fait drôlement mon affaire.

J'imagine qu'Eddy sera mon premier chum. Il vient lui aussi au Radio Grill avec ses amis du High School, et j'ai remarqué qu'il me reluque. Je veux lui téléphoner et j'ai fini par obtenir son numéro par Danielle Dusseault, qui a des amis anglais. Je l'ai transcrit sur un bout de papier que je triture dans le fond de ma poche et c'est comme si je touchais un peu Eddy du bout des doigts.

Mes parents sont partis à la messe de cinq heures avec Bernard et Lulu. Je garde Momo et, pendant qu'il dort, je décide d'appeler Eddy finalement. Sa mère répond, mais je suis trop timide pour lui parler en anglais. Je m'étais pourtant exercée à poser la question: «*May I speak to Eddy, please*?» Au début, j'avais pensé dire: «*Can I speak to Eddy*?» puis, après avoir vérifié dans mon livre d'anglais, j'ai opté pour le *May I*, plus psychologique, moins physique. Je m'essaie une deuxième fois, mais je dois raccrocher avant d'ouvrir la bouche: Coco, que j'avais complètement oublié, a fait irruption dans la cuisine. Il dit: «Ah! ah! c'est comme ça que je te pogne!» puis il file dehors sans que j'aie le temps de lui crier des bêtises par la tête. Au troisième essai, je peux enfin parler à Eddy, car c'est lui qui répond. Je sais qu'il parle français, je l'ai entendu au Radio Grill. Je dis d'une traite:

— Veux-tu venir danser au Teen Beat Club avec moi vendredi soir?

— Qui parle?

— Claude Éthier.

— Claude, c'est pas une nom de fille ça.

— Tu sais... je vais au Radio Grill, prendre un coke après l'école.

— Ah oui! Les filles français, répond-il en tournant son *r* dans la bouche d'une manière très anglaise.

— Oui!

— Hum... tu es comment?

— J'ai les cheveux blonds.

— Avec des lunettes?

— Oui, mais j'les mets pas pour sortir.

— Ça fait rien, c'est drôle des lunettes. J'en ai moi aussi.

Je n'en peux plus, mes tempes battent très fort. Ouf! Je raccroche. Quinze minutes plus tard, je me dis qu'Eddy n'a ni mon numéro de téléphone ni mon adresse et qu'au fond il ne m'a rien promis. Je prends mon courage à deux mains et je le rappelle pour savoir s'il veut m'accompagner.

— Oui! dit-il, en me demandant mon adresse cette fois.

— 122, 2e Avenue.

— À quelle heure?

— Sept heures.

Tout est consommé. Je me sens rouge et chaude comme après avoir couru longtemps. Il faut que je garde le secret. Les filles n'appellent pas les garçons. C'est laid, une fille qui appelle un garçon. Très laid. C'est parce que j'ai des lunettes que je suis obligée d'appeler un garçon. Quand mes parents reviennent de la messe, rien ne paraît, le souper est prêt, et ma mère me félicite parce que j'ai bien disposé les sandwiches dans une grande assiette, après en avoir enlevé toutes les croûtes.

Pendant la semaine, je n'arrête pas de penser à Eddy et je me demande s'il m'oubliera. Je le vois au Radio Grill et il me fait un petit sourire, sans plus. Personne ne peut s'apercevoir qu'on sortira ensemble vendredi soir, et j'en doute moi-même jusqu'au jeudi soir après l'école: il me fait un grand clin d'œil en passant devant notre table, et Sandra ne manque pas de passer la remarque: «Ouais, Claude Éthier, on dirait qu'Eddy Goldstein a un kick sur toi!» Je rougis jusqu'aux oreilles et je pars en vitesse, assurée qu'Eddy tiendra sa promesse. Tu peux toujours niaiser, Sandra Dubreuil, tu vas avoir la surprise de ta vie.

C'est vendredi soir, je n'ai pas écouté un mot de ce que la sœur a enseigné aujourd'hui. J'ai passé la journée dans un rêve ouatiné. Eddy vient me chercher pour m'emmener danser à la salle des Canadian Corps. Je me suis habillée rock'n'roll: blouse transparente, jupe à crinoline, *bucked shoes*. Prête à tous les frissons. Je surveille à la fenêtre et, dès que je l'aperçois au coin de la 2ᵉ Avenue, je crie bonsoir à ma mère.

Elle n'a rien vu. Je sors en coup de vent et la porte se referme sur une vague fin de phrase:

— ... pas plus tard que onze heures...

C'est vrai, tout se passe exactement comme dans mon rêve jusque-là. Mais je n'avais pas prévu qu'Eddy cacherait l'auto de son frère en bas de la côte. Une belle Studebaker rouge décapotable. Il est très fier de son coup. Je ne sais pas quoi faire. Ma mère me tuera si elle sait que je monte dans une auto avec un garçon, et ma paire de grands frères risque de venir au Teen Beat Club, comme tous les vendredis soir. Ils vont me dénoncer s'ils me voient en auto. Je ne peux pas prendre un tel risque.

— Viens... on va y aller à pied. Je bégaye un peu.

— Pourquoi, mon char est pas assez belle?

— Non, c'est pas ça, mais ma mère veut pas que j'aille en auto avec un gars. A veut vraiment pas.

— Ton mère le saura pas.

— Mes frères vont y dire, voyons.

Eddy fait claquer toutes les portes de son auto. Il

prend son temps. Il vérifie tout. Il n'a pas l'air très content. Je l'attends sur le trottoir et j'ai peur qu'il soit fâché et qu'il me laisse tomber. Mais non, il me prend machinalement par la main, et on marche tranquillement sur la rue Murdoch jusqu'à la 7e Rue. Comme si on sortait steady depuis longtemps. En passant devant le magasin Bucovetsky, je me retourne pour regarder la vitrine parce que ma tante Alphonsine descend les grands escaliers de l'église en face. Je ne veux pas qu'elle me voie. Des huit sœurs de ma mère, c'est la plus grande téléphoneuse.

On fait la file pour entrer dans la salle des Canadian Corps. Toute la gang du Radio Grill est là. Sandra Dubreuil est toute seule, stag, Danielle Dusseault est avec son chum steady André Savard, Nicole Gauthier avec Gerry Lalonde et Yvonne Théroux avec Élie Bucovetsky. On va s'asseoir à leur table et tout le monde me regarde comme si j'étais une étrangère. Revenez-en! Il faut dire que j'ai moi-même la sensation d'avoir accompli un exploit, un vrai.

L'alcool est strictement interdit au Teen Beat, c'est pourquoi ma mère me permet d'y venir. On boit du coke, et Eddy nous verse du rhum dans un verre sous la table. Il a un petit flasque dans un sac de papier brun camouflé sous un jacket des Copper Kings. Son grand frère, celui qui lui prête la Studebaker, joue pour les Copper Kings, notre équipe locale de hockey. Les garçons parlent musique : rock'n'roll, rock'n'roll. André Savard joue parfois avec Eddy dans son sous-sol et ils se cherchent un bassiste pour former un groupe. Bernard joue du piano par oreille et voudrait bien se joindre à eux, mais il n'ose pas. Tout le monde pense que jouer du piano, pour un garçon, ça fait tapette.

Mes grands frères s'assoient toujours à une table assez éloignée de la mienne pour pouvoir me surveiller sans que ça paraisse. Ils font comme s'ils ne me connaissaient pas. Ils veulent avoir quelque chose à raconter, qui ferait fâcher mon père et mettrait beaucoup d'huile sur le feu, qui ferait éclater peut-être son mal de tête.

Mais ce soir je suis dans les bras d'Eddy, et rien ne peut m'arriver. Mon père et ma mère, je les ai loin, comme dirait Bernard. Le slow est plus chaud que chaud, et Eddy fait voyager ses mains autour de mes hanches et de mes épaules. On s'embrasse avec maladresse dans les petites lumières bleues, rouges et jaunes. Eddy m'offre un coke entre les danses et il n'oublie pas les sips de rhum. *You Are My Destiny* résonne dans la salle comme une élégie brumeuse. J'aime aimer en anglais, comme dans les films. *Love Me Tender*, la langue d'Elvis me colle au corps.

Les filles n'arrêtent pas de me regarder. Toutes les autres filles du couvent vont savoir que j'ai un chum lundi matin. Mes frères le savent. Ma mère va le savoir. Mon père aussi. Le monde entier va le savoir. Ça me donne le vertige, et je me laisse aller à *djiver* avec Eddy. Il est très patient avec moi parce que je perds souvent le rythme. « Laisse-toi mou, dit-il, suis-moi. » Parfois Sandra vient s'interposer en me disant: « J'te vole ton chum une minute si ça te fait rien. »

Sandra Dubreuil s'accroche à Eddy comme un morceau de puzzle Jigsaw. La suffragette en moi a le goût de faire une scène, elle se retient, pour ne pas déplaire à Eddy. Danielle et André sont toujours assis dans un coin, à necker. Ça fait longtemps qu'Élie et Yvonne sont agglutinés. Nicole Gauthier est partie dehors avec

Gerry, comme tous les vendredis soir. On ne les a presque jamais vus danser, ces deux-là. Nicole se vante de faire l'amour souvent. Elle est très avancée pour son âge. Je tète mon coke en regardant les autres danser et j'ai peur de me mettre à pleurer d'une seconde à l'autre. Je garde mon calme en apparence, mais mon cœur veut éclater. Je devrais m'en aller en courant, pourtant je reste rivée à mon coke. Finalement, Eddy revient me chercher pour le dernier slow. Toutes les lumières s'allument, c'est le temps de s'en aller. Sandra colle encore un peu, mais elle finit par comprendre et décide de partir avec Élie et Yvonne.

Eddy me reconduit jusqu'à son auto et il m'invite à monter. Je suis sûre qu'il veut faire un peu de necking. Ça me tente, mais je me sauve en courant parce que j'ai peur d'être en retard. Quand je rentre chez moi, ma mère m'attend dans la cuisine, comme toujours, mais cette fois-ci elle me dit simplement bonsoir parce que je suis à l'heure. Je me glisse mouillée dans mon divan-lit, à cause des caresses d'Eddy. Je suis exténuée, mais follement excitée. Je ne veux pas que ma mère sache que j'ai dansé avec Eddy. Elle le saura, à cause de mes bavasseux de frères. En attendant, j'aime croire qu'elle ne le sait pas, qu'elle ignore tout de ma vie et même de mon existence.

Eddy vient parfois parler avec moi devant la porte après souper. Il n'entre jamais dans la maison. Ma mère voudrait bien qu'il vienne jaser avec elle au salon, mais je refuse, parce qu'on ne pourrait plus rien se dire. Dans l'esprit de ma mère, Eddy a deux défauts : il est juif et il a une auto. Moi, ces deux choses-là me séduisent beaucoup. Mais ce qui m'attire encore davantage, c'est son petit côté bum de grande famille.

Le père d'Eddy, monsieur Goldstein, est propriétaire d'un grand magasin de musique où ma mère a acheté son piano.

«C'est-tu de valeur qu'y soit juif, dit ma mère, c'est pourtant un grand musicien, cet homme-là. J'ai quand même fait une bonne bargain.»

La mère d'Eddy est une juive d'origine russe, mais elle ne va pas à la synagogue. Ma mère dit, comme le curé, que seuls les vrais catholiques vont au ciel : «Hors de l'Église, point de salut.» Quand je vais chez Eddy écouter la band dans son sous-sol, sa mère me lance un petit *hello* sec. Elle a un léger accent russe, mais pour le remarquer il faut savoir qu'elle n'est pas une Anglaise pure laine. Elle a l'air de n'importe quelle mère parce qu'elle porte un tablier et qu'elle a les yeux sévères. Parfois on l'entend rouspéter dans la cuisine et on ne comprend pas ce qu'elle dit. Alors, les gars jouent un peu moins fort.

Eddy a une qualité : il a du discernement. Il ne téléphone jamais à la maison, car il sait que mes frères se moqueraient de moi. Coco surtout, qui ne respecte absolument rien. L'autre jour, à table, il a demandé à Bernard de faire une phrase avec Eddy en me regardant dans les yeux. «Viens m'*aider* à faire la vaisselle», a-t-il dit en imitant ma voix. Ha! ha! ha! tu te penses bien drôle, Coco Éthier! Tout le monde a ri parce que j'ai rougi jusqu'au cœur. J'aurais pu le tuer. Je suis partie en pleurant dans ma chambre. Un jour, je vais tous les tuer. En attendant, je pense à Eddy, et ça m'aide à vivre.

Heureusement qu'il y a le Radio Grill. Eddy et moi, on s'y installe avec les autres pour manger une patate sauce et boire notre coke. Sandra parle moins fort, par respect ou peut-être par jalousie, et je l'ai vue mettre son dix cents dans le sélecteur de table du juke-box avant que les paroles moelleuses de *Are You Lonesome Tonight* parviennent à nos oreilles. Je suis devenue la vedette de la classe, cette fois, non pas parce que j'ai des bonnes notes, mais parce que je suis une petite morveuse à lunettes qui a décroché le mâle le plus exotique en ville. L'orgueil me sort par les pores. J'en oublie mes lunettes.

Je pense tout le temps à Eddy. En faisant des équations, en traduisant Cicéron, en marchant dans l'odeur moite de la neige collante, en piochant sur mon Czerny. J'apprends un concerto de Mozart avec Danielle Dusseault. On compte les demi-pauses, les doubles croches et les soupirs. À la fin des pratiques, on arrête au Radio Grill et on se parle de nos chums. Eddy par-ci, Eddy par-là. Danielle me parle d'André, mais sans enthousiasme ; c'est vrai qu'il n'est pas nouveau dans sa vie. Nicole Gauthier est toujours là avec son Gerry et elle ne me parle presque plus. Je suis devenue son égale et ses séances de necking ne m'impressionnent plus. Finie la poudre aux yeux.

Eddy Goldstein tamise toutes les heures. Même mon père me fait moins peur pour la simple raison que je ne regarde plus ses sourcils froncés. Passer l'aspirateur et laver la vaisselle sont devenus des oasis de rêverie. Ma mère me vante au téléphone : Claude est serviable ces jours-ci, une soie, Claude rentre à l'heure, Claude par-ci, Claude par-là... À la maison, seuls Coco et Bernard savent que je me tiens au Radio Grill après l'école. Ils gardent ce secret pour faire du chantage au cas où je les dénoncerais. De mon côté, je dois dire que le nombre de cigarettes qu'ils fument en cachette en attendant l'autobus ne m'intéresse même plus. Entre mes frères et moi, c'est la trêve.

Sandra décide d'organiser un party au chalet de ses parents samedi prochain, le premier samedi du mois de juin. Génial. Pour la première fois, j'ai le droit d'être invitée à un party des filles du couvent, parce que j'ai comme chum le plus beau six-pieds des deux villes.

Ma mère ne doit pas savoir que ce party aura lieu dans un chalet. Un chalet, c'est loin dans le bois et, dans le bois, on peut se cacher pour s'embrasser en pleine liberté. On ne peut cerner la forêt. Dans la forêt, tout peut arriver, le soir surtout. Pourtant mon père dit toujours que le bois est moins dangereux que la ville : « Les animaux sont pas méchants si on les dérange pas. » Mais ça ne convainc pas ma mère. Moi non plus.

Je fais des exercices de mensonge. Je me ferme les yeux et je me dis en me concentrant : « Je vais à un party chez Nicole Gauthier. En ville. » Je répète cette phrase jusqu'au moment où je me sens capable de la sortir tout d'une traite, comme « Rien ne sert de courir, il faut partir à point » ou bien « Qui trop embrasse mal étreint » et toutes ces phrases usées que ma mère répète à tout bout de champ. Elles sont gravées dans mon cerveau et je pense que je me les rappellerais même si j'étais à moitié morte et paralysée. La force de ma mère, c'est qu'elle peut citer des phrases célèbres et incontestables de ce genre. Quand elle fait répéter les leçons à Coco, par exemple, elle dit toujours : « Ce qui se conçoit bien s'énonce clairement et les mots pour le dire arrivent aisément. » Un jour, Lulu et moi, on a retrouvé toutes ses maximes dans les pages roses du dictionnaire Larousse. Avec des phrases en latin en plus, les mêmes que mon père nous déclame et auxquelles on ajoute *amen*, pas trop fort, pour qu'il ne nous comprenne pas: *Tempus fugit. Carpe diem. Alea jacta est.*

Je suis penchée sur le clavier du piano et je lave une à une les touches d'ivoire un peu jauni. J'annonce à ma mère en rougissant jusqu'à la racine des cheveux que je vais à un party chez Nicole Gauthier. En ville.

— Qu'est-ce que tu dis, Claude?

— Je vais à un party samedi prochain, c'est en ville.

— Chez qui?

— Chez Sandra Dubreuil... Non, chez Nicole Gauthier.

— Chez le juge Gauthier? Ton père ira te chercher à minuit.

— Non, non, laisse faire, son père a dit qu'y viendrait tous nous reconduire après.

— Bon, comme tu veux.

Je l'ai échappé belle. Je ne dis plus rien. Ma mère ne m'a rien demandé au fond, elle ne m'a surtout pas demandé avec qui j'y allais. C'est bien ainsi, je m'arrangerai avec Eddy pour qu'il vienne me chercher à six heures au coin de la 2e avenue et de la Murdoch. Je lui demanderai de m'attendre dans l'auto.

Je ne pense qu'à ça: j'irai dans le bois ce soir-là, derrière le chalet de Sandra Dubreuil. Eddy m'embrassera sous les épinettes, je lui résisterai à peine. Je ferai tout jusqu'au bout, comme Nicole Gauthier avec Gerry. J'irai jusqu'où il voudra, comme ma grand-mère avec mon grand-père le jour de ses noces. Elle répète à qui veut l'entendre, ma grand-mère, que sa mère l'avait ainsi informée des choses de la vie avant de se marier: «Tu feras ce que ton mari te dira de faire.» Mais j'ai peur d'aller jusqu'au bout. Je ne sais pas où ça bascule, où se trouve le péché qui fait qu'on tombe enceinte. J'ai peur de tomber enceinte. J'ai encore plus peur d'être maladroite, de ne pas savoir comment faire. Tout faire et ne rien faire. Comment savoir comment?

Je fais des recherches dans le dictionnaire. *Enceinte. Coït. Organes génitaux. Soixante-neuf.* Je ne suis pas plus avancée. Je veux en parler à Sandra, mais j'ai peur d'avoir l'air niaiseuse. J'ai beau chercher une façon d'aborder le sujet, je n'en trouve pas. Inutile d'en parler à Danielle Dusseault, elle est aussi ignorante que moi. Je ne peux rien dire à ma mère parce que j'aurais l'impression d'aller avouer une grande faute à la confesse. Ma mère ne pense pas que je pense. Moi je ne pense pas qu'elle puisse même embrasser mon père autrement que sur la joue quand elle le remercie de laver la vaisselle. C'est rare que ça arrive, mais des fois, le dimanche soir, quand il a fait une bonne sieste l'après-midi, il dit: «Laisse faire, Honey, va jouer du piano, j'vas la laver, ta vaisselle.» Et pendant qu'elle joue *Plaisir d'amour*, il chante à tue-tête. Mais il n'y a aucun mystère là-dedans, c'est l'amour pur et simple des parents qui ont des enfants. Ça n'a rien à voir avec la love. Non, vraiment pas.

Tous les jours, je fais une répétition générale du party. Je m'enferme dans ma chambre avec ma crinoline, mes bas de nylon, ma gaine-culotte, mon soutien-gorge, mon petit foulard à pois, ma robe rose, ample, mes souliers à talons hauts. J'essaie de me faire une queue de cheval: mes cheveux trop fins n'arrivent pas à tenir dans l'élastique. Je mets plein de bobby pins.

Ma mère coud tous mes vêtements, sauf mes jeans.

«C'est trop compliqué, les braguettes», dit-elle. Pour coudre, elle n'achète pas de tissu, elle se sert de vieilles robes que ma tante Alphonsine lui donne. Elle dit qu'elle coud dans «du vieux» et elle en est très fière. Après avoir décousu minutieusement les robes, elle replace le tissu dans le droit fil, le taille selon un patron Vogue très difficile, faufile et coud une nouvelle robe. À la fin, elle la garnit de dentelle pour que ça fasse «robe achetée». Mon rêve, c'est d'avoir un robe toute faite qu'on choisit dans un magasin, pareille à celles des autres. Je porte toujours des jeans et je laisse mes robes moisir dans la garde-robe au grand dam de ma mère qui voudrait que j'aie l'air d'une vraie demoiselle. Pourtant, elle m'a donné un nom plutôt garçon, Claude, et je le déteste tout autant que les robes faites à la maison. Noyée dans les garçons comme ça, j'ai l'impression de ne pas être normale, d'être un peu infirme: chaque fois que je fais une chose de fille comme repasser une robe, mettre du rouge à lèvres ou des souliers à talons hauts, je me fais traiter de femelle par Coco. Il en profite pour retrousser sa manche, durcir ses biceps, et il dit: «Touche à mes *mussels*, ça c'est de l'homme.» Il prononce *muscles* à l'anglaise, et tout le monde rit. C'est vraiment ridicule d'être une fille.

Dans ma classe, toutes les filles ont les cheveux bien peignés, jamais gras, les ongles longs, pas rongés, les mains blanches, pas tachées. Cela tient du mystère, un mystère que j'associe à la richesse. Ces filles, même myopes, arrivent à ne pas porter leurs lunettes. Comment font-elles pour se sentir à l'aise et ne rien voir? Je me sens bien laide avec mes lunettes, mais je tiens à tout voir. Tout, dans les moindres détails, et que rien ne m'échappe! Ma mère soupire souvent en disant:

«Pauvre p'tite, toute défigurée avec tes lunettes. Pis, arrête de te manger les ongles, c'est pas beau, c't un signe de jalousie. Regarde, Danielle Dusseault, elle, a se mange pas les ongles.»

Danielle Dusseault, c'est ma grande amie. Elle joue du piano, et son père est médecin. Ma mère l'aime beaucoup, elle la trouve très jolie et ne se prive pas pour s'extasier devant ses cheveux ondulés, ses belles maniè-res et ses grands yeux bleus. Quand on revient ensem-ble de l'école, Danielle me dit à peu près tout ce qu'elle fait avec André Savard dans son sous-sol quand ses parents sont au salon à regarder la télévision. Danielle est la seule qui a la télévision chez elle, un gros appareil combiné avec un tourne-disque et un radio. Je l'envie beaucoup d'avoir la télévision, mais je ne l'envie pas du tout d'être amoureuse d'André parce qu'il n'est pas mon genre. Il est plutôt freluquet et bas sur pattes. Et surtout, il a toujours l'air de tout savoir.

Après l'école, je m'arrête parfois chez Danielle qui habite une vraie maison à deux étages sur le chemin Trémoy, une rue très sélecte avec des grands arbres et des grosses maisons en bordure du lac Osisko. Chaque fois que j'entre chez elle, j'ai un pincement de cœur en voyant comme c'est beau, grand et propre. Les sofas fleuris du salon creusent profondément quand on s'y assoit et, de la grande fenêtre à carreaux, on a une vue magnifique sur le lac. Chez nous, on ne voit pas le lac, on est plutôt collés sur les cheminées de la mine et le trassel. Chez Danielle, il y a même un foyer vérita-ble, et le tapis dans les escaliers est si épais qu'il absorbe le bruit des pas. Les chambres à coucher sont toutes meublées en vraies chambres à coucher, avec des couvre-lits assortis aux rideaux et des commodes toutes pareilles. Quand on arrive dans la maison, Danielle ouvre le frigidaire et nous sert un jus de raisin Welch's véritable qu'elle mélange avec du ginger ale. Après, on change l'eau de son poisson et ensuite je rentre souper en rêvant d'habiter un jour dans une grande maison qui donne sur un lac, avec un mari très riche, exactement comme dans les romans-photos que je lis chez ma tante Alphonsine.

Danielle veut toujours être invitée chez moi. Pourtant notre maison est très ordinaire et très petite, c'est à peine si elle peut nous contenir tous. Je veux toujours aller chez les autres. Mais peut-être que Danielle se sent admirée par ma mère. Peut-être qu'elle a un œil sur Coco ou sur Bernard. Ou peut-être qu'elle aime les repas de famille mouvementés. Elle trouve que ma mère fait bien la cuisine, elle n'arrête pas de dire : « C'est bon, madame Éthier, votre pâté chinois, votre tarte au sucre, votre bouilli aux légumes. » Nous autres, on la regarde et on la trouve un peu niaiseuse, parce que du pâté chinois, de la tarte au sucre et du bouilli aux légumes, on en mange souvent. Mais on n'a jamais de jus de raisin Welch véritable et encore moins du ginger ale. Du lait, c'est tout. C'est bon pour la santé, la vitamine D. C'est plate, les vitamines.

Tout baigne dans l'huile aujourd'hui, jour J du party au chalet de Sandra. Ce matin, j'ai fait le ménage dans une envolée lyrique ; la poussière s'évanouissait, docile, sous le balai de l'aspirateur. Je chante *Love me tender, love me true, never let me go.* Rien ne m'atteint plus, ni les quolibets de Coco, ni le front sourcilleux de mon père, même pas les conversations interminables de ma mère au téléphone avec ma tante Alphonsine. Je suis blindée de bonheur.

Il est trois heures de l'après-midi, et je monopolise la salle de bains depuis une bonne demi-heure. On frappe à la porte, je crie que je suis à la toilette. Mais au bout d'un certain temps, quand la pression devient trop forte, je range en vitesse mon rouge à lèvres, mon mascara et mon spray net. En me penchant très vite, je m'aperçois que je commence à être menstruée. Je prends trois Midol coup sur coup.

C'est le mois de juin et pourtant, ce matin, il y avait un petit tapis de neige sur la galerie. On dit «galerie» chez nous. Ma tante Laura de Montréal a importé le mot «balcon», mais pour moi, un balcon, c'est une petite galerie de Montréal sur laquelle les gens passent l'été à se bercer. La grosse voisine, madame Turner, dit «perron», et ma mère trouve cela très vulgaire, à cause de Dominique Michel, qui chante *En veillant su' l'perron* avec une voix western. J'ai fait quelques pas de danse sur la galerie et mes traces avaient l'air des pistes un peu folles d'un animal traqué.

Il fait très froid. Je ne pourrai pas porter ma belle robe neuve usagée rose fille. Même s'il avait fait chaud, je ne l'aurais pas portée, à cause des maringouins qui raffolent des dessous de crinoline. Et puis, les autres filles ne portent pas de robes. Elles n'ont pas besoin de ça pour se distinguer des garçons.

J'enfile donc mes jeans et j'emprunte à mon père, sans qu'il le sache, une chemise blanche, très empesée, que je froisse suffisamment pour qu'elle fasse blousante. Les sourcils bien noirs, les lèvres bien rouges, j'ai enfin réussi à faire tenir ma queue de cheval grâce à de nombreuses bobby pins et beaucoup de wave set. Je chausse mes *bucked shoes* blanc et bleu et je me déclare prête à l'attaque.

Quand j'arrive, triomphante, à la cuisine, ma mère me dit:

— Comment, t'es pas encore habillée? Quand même, tu vas pas porter des salopettes pour aller chez le juge Gauthier.

Ma tête se met à tourner. Je ne peux plus contrôler ni ma langue ni mon cœur. Je bafouille:

— M'man, arrêtez d'appeler ça des salopettes, c'est des jeans. Pis Nicole Gauthier, c'est elle qui nous a dit de nous habiller en jeans. Toutes les filles sont en jeans. Personne porte pus ça, des robes.

— Mon Dieu Seigneur, dépêche-toi de partir avant que ton père te voie.

J'ai peur qu'il surgisse dans la cuisine, que sa colère éclate, à cause de sa chemise qu'il reconnaîtrait, de mes lèvres Marilyn Monroe, et je m'efface. Au moment où je tourne le coin de la Murdoch, je vois Coco et Bernard qui traînent Lucien en revenant du terrain de base-ball. Je pense que je devrais rebrousser chemin, mais je me ravise et je me mets à courir. Eddy est là qui m'attend près de la Studebaker de son frère. J'arrive à bout de souffle en criant: «On part!»

Eddy comprend très vite quand il voit mes trois frères au bout de la rue. On saute dans l'auto. Je me colle tout au fond de la banquette, juste à temps pour éviter mes frères, puis l'auto démarre en trombe vers le lac Fortune.

Le ciel est bas. On dirait qu'il va neiger de nouveau. Eddy me serre la main de temps en temps. La route de gravier me donne un peu mal au cœur, surtout en descendant les côtes. J'ai parfois des petites crampes, mais j'essaie de ne pas y penser. Je me concentre pour que le mal ne m'atteigne pas, et ça marche. On se dit des banalités : «Y fait pas mal froid pour le mois de juin. À quelle heure que ta mère veut que tu reviennes?» J'ai peur d'avoir l'air niaiseuse. Mais Eddy me met vite à l'aise, puis soudain on rit, pour rien, puis on arrête de parler et on devient graves et silencieux. Eddy prend les virages de façon à ce que je tombe un peu contre son épaule. On arrive au chalet de Sandra Dubreuil sans qu'Eddy ait hésité une seule fois sur la route à suivre.

Le père de Sandra est un gros vendeur de chars. Il nous accueille avec sa voix grasse et sa montre plaquée or. «Parquez-vous là», dit-il en ronflant un *r* à l'anglaise et en faisant des gestes majestueux de policier. De madame Dubreuil je ne vois que les bagues à diamants, les cheveux flamboyants et le rouge à lèvres qui dessine ses lèvres en forme de cœur.

— Bonjour, mon petit Eddy, t'es le premier arrivé. Sandra est en train de finir les sandwiches dans' cuisine. Assisez-vous.

Elle a dit tout cela sans me regarder. Je me dis que ma mère n'aurait quand même pas dit «assisez-vous». Sandra arrive très vite dans le salon. Tout de suite, elle se colle près d'Eddy sur le fauteuil de crapaud. Je m'installe sur une chaise droite et j'observe les murs en faux *nutty pine*, le fer forgé du foyer et les miroirs fumés du bar. Je trouve que les Dubreuil sont vraiment des gros riches. On dirait que tout se convertit en signes de piastre autour d'eux.

Sandra et Eddy se parlent en anglais et ne me regardent même pas. Une boule se forme tranquillement tout au fond de ma gorge. Dans un coin près d'une fenêtre qui donne sur le lac, il y a un tourne-disque et une pile de 78 tours. Eddy met un disque. Sandra me regarde enfin et elle me donne un coke en disant distraitement : « Ça va, Claude ? » Elle n'attend pas la réponse et continue de parler à Eddy, de très près.

Puis les autres arrivent, par couples. Ils sont tous là qui rient beaucoup et qui parlent moitié français, moitié anglais. Sandra ne laisse pas Eddy d'un pouce. Ça résonne très fort. Les gars cachent leur bière dans les recoins et sortent leur guitare. Je fixe les doigts d'Eddy qui vont et viennent en pinçant les cordes. Un petit air western m'éclaire le cœur un instant, comme le lac devant moi, tout noir, traversé d'un rayon de lune. D'une voix nasillarde, il prononce à l'anglaise des phrases de tous les jours qui deviennent belles à cause de la musique, mais qui, dites comme ça, seraient bien fausses et bien plates : *un coin du ciel, ma petite maman chérie, donne-moi ton cœur*. L'atmosphère s'alourdit et Sandra se lève soudain du divan de velours rouge vin en s'exclamant : « C'est fini le braillage, on danse ! Réveillez-vous, envoye Eddy, fais jouer *Blue Suede Shoes*. »

Je me mets à danser, mais quelque chose ne va pas. Quand on fait tourner *Love Me Tender*, les couples s'agglutinent. Ça dure une éternité et je reste seule près de la fenêtre embuée avec le rayon de lune sur le lac. Mon mal de ventre devient de plus en plus aigu. Je décide d'aller aux toilettes pour passer le temps. Quand je reviens, ils sont toujours sur le même slow, comme si l'aiguille était rivée dans le disque. Un slow, c'est bien connu, ça se danse à deux. J'attends dans mon coin, les yeux dans l'eau, que finisse *Never Let Me Go*.

Le reste de la soirée se passe dans une brume de bière, de coke, de chips, de rock'n'roll, de sueurs. Eddy danse, rit, boit, mange et j'attends patiemment qu'il soit onze heures et demie. Je suis redevenue une fille à lunettes, calée dans mon fauteuil à observer Sandra et Eddy, Yvonne et Élise, Danielle et André, Nicole et Gerry. J'aurais le goût de partir en courant, de les tuer tous, mais je reste là, figée dans mon fauteuil, incapable de me lever, incapable de réagir. Toutes sortes de phrases traversent mon cerveau à une vitesse vertigineuse : « Sandra Dubreuil, lâche mon chum, chus pas assez niaiseuse pour pas m'apercevoir que tu veux me le voler, mon chum. Pis toi, Eddy, tu vois pas que t'es-t-en train de t' faire enjôler par la belle Sandra ? » Mais rien ne sort, tout reste collé au fond de mon ventre, tiraillé dans mes crampes. Ma peine pèse trois tonnes dans le chalet du lac Fortune.

À onze heures, je ramasse mes esprits et je finis par dire à Eddy de me raccompagner. Peine perdue. Je le supplie et, en dernier recours, je lui avoue que j'ai mes règles. « *What's that* ? » me demande-t-il. Je n'arrive pas à trouver le mot anglais pour le lui expliquer, pourtant je le sais, « *I have my period* », mais ça ne sort pas. Trou de mémoire, rien à faire, « *Never mind*, reste là avec Sandra », et il reste accroché à son bras. Je décide de revenir avec les parents d'Yvonne, qui me posent des questions sur mes études, sur mon avenir, sur toutes ces choses qui n'ont plus la moindre importance pour moi. Élie ne dit pas un mot, Yvonne non plus. Il n'y a que ma voix qu'on entend. Je réponds pour être polie, c'est tout. J'ai froid, et la lune, très jaune, accompagne ma peine dans la nuit.

Le père d'Yvonne fume comme une cheminée et ça sent le gaz dans l'auto. J'ai envie de vomir, comme quand j'étais petite. J'ai honte d'avoir mal au cœur dans l'auto, ça dérange tout le monde. Ça me met sur les nerfs, je ne pense qu'au moment précis où il faut avertir, le moment exact qui précède la minute où je vais vomir, pas trop tôt, pas trop tard. Quand j'étais petite et qu'on allait à Notre-Dame-du-Nord chez ma grand-mère Éthier, je faisais parfois arrêter l'auto. Je descendais prendre une bouffée d'air et j'entendais mon père gueuler. Je mettais un doigt au fond de ma gorge pour vomir. Parce que si je ne vomissais pas, il gueulait encore plus fort, et souvent, la chicane prenait entre mes frères sur le siège arrière. Quand je revenais dans l'auto, tout le monde disait que je sentais le vomi. Pour l'instant, je me retiens, et ça m'empêche de trop penser à Eddy et à Sandra qui sont en train de s'embrasser. J'aimerais qu'on frappe un orignal, qu'on prenne le fossé, qu'un train nous coupe en deux. Quand je serai morte, il faudra bien qu'on s'occupe de moi.

À la maison, ma mère m'attend, furieuse ; elle s'est obstinée à venir me chercher à minuit chez le juge Gauthier. Je n'y étais pas. Évidemment, personne n'y était. Je décide de tout lui dévoiler. Ses réprimandes ne m'atteignent pas, je suis trop fatiguée, trop malade, trop pleine de peine ; je vais directement dans les toilettes, je vomis tout mon soûl, puis je me couche en zombie. J'avale deux des grosses pilules que mon père prend pour son mal de tête et je me cale dans le néant du sommeil.

Eddy ne me rappelle pas. Moi non plus, je ne le rappelle pas, car après tout j'ai mon honneur. Je sais par les filles qui sont retournées au Radio Grill que Sandra et Eddy sortent steady. C'est chose faite. Je pense toujours que j'aurais dû m'interposer, m'imposer, garder mon territoire, le rappeler, leur dire des bêtises, à lui et à Sandra Dubreuil. C'est ce qu'ils font dans les films de love, mais tout ce que je réussis à faire, c'est de laisser mijoter ça dans mon cerveau. J'en parle souvent avec Danielle, et elle dit que l'amour ne se force pas. Qu'André l'aime à la folie sans qu'elle ait même à lever le petit doigt. Qu'est-ce qu'elle a, elle, de plus que moi pour qu'un gars l'aime à la folie? C'est vrai que même si André m'aimait à la folie, ça ne me ferait pas un pli.

Pendant l'été, je me prépare à partir pour le pensionnat. Il faudra que je m'exile à Ottawa pour terminer mes études parce qu'à Noranda, après la onzième année, les filles n'ont pas le droit de fréquenter le collège de Rouyn, le seul en ville, pour garçons seulement.

Contrairement à Coco et à Bernard, j'aime l'école parce que c'est le seul endroit où je suis heureuse. Le couvent du Saint-Esprit, où je fais mes quatre premières années de classique, est une sorte de vieille maison au toit déclive située à Rouyn, en face des cheminées de la mine, juste au bord du lac Osisko, bien vert et bien puant. Ce couvent abrite deux salles de classes, cinq fougères, une chapelle, plusieurs sœurs et dix pianos. Le midi, après le dîner, toutes les filles pratiquent en même temps et ça fait une joyeuse cacophonie dans les couloirs. Il y a en tout cinquante filles là-dedans, et presque toutes apprennent le piano. Je suis nulle au piano, mais ma mère tient mordicus à ce que je l'apprenne. Elle est musicienne dans l'âme, ma mère. Elle dit «la musique adoucit les mœurs» et elle fredonne *Un Canadien errant* toute la journée, en faisant des gâteaux. Ça fait partie du bonheur de la maison. Moi, je ne fredonne jamais parce que je n'arrive pas à me souvenir d'un seul air de chanson. Mon point fort, c'est que je suis bonne à l'école et que j'ai la mémoire des mots.

Ma mère a réussi à me convaincre de faire une maîtresse d'école à force de me répéter que j'étais vraiment faite pour ça. À cause de mon caractère de suffragette. Avant même d'aller à l'école, je jouais à l'école avec Lucien. C'était moi la maîtresse parce que j'avais beaucoup de patience pour lui montrer à lire *Léo et Léa*. Mon père disait souvent : « Tais-toi, la Suffragette, tu parles trop, tu parles trop fort. » Évidemment, il me gâchait tout mon plaisir. Puis on se mettait à jouer à l'autobus, pour changer, et pour que Lulu puisse faire ses vroum vroum. Ça, ça rassurait mon père.

Avec le temps, mon père a abandonné ce surnom détestable de Suffragette. Dans des moments d'épanchement très rares, il m'appelle Chouchoune. Mais je ne mérite ce surnom que lorsque je suis très fine, c'est-à-dire lorsque j'écoute sans broncher les histoires qu'il raconte à table ou que je ne dis rien même si je ne suis pas d'accord avec lui. Depuis que je suis devenue « grande fille », il n'ose plus m'appeler Chouchoune. À vrai dire, il se sent plutôt désemparé devant moi. Il me dit souvent que je lui fais penser à sa mère. Et sa mère, je ne suis pas sûre qu'il l'aime tant que ça. En tout cas, ma mère a discuté longtemps avec lui au sujet de mes études, et il a fini par accepter que j'aille à Ottawa, au pensionnat, parce que j'ai des bonnes notes et qu'au fond il veut bien que je sois instruite. Il est fier de mes notes, et de cela je suis certaine à cause de l'éclair dans ses yeux quand il ôte ses lunettes pour scruter mon bulletin. Ma mère dit que l'instruction c'est la liberté. Moi, je crois qu'elle pense que cela augmente mes chances de rencontrer un aspirant médecin, genre

André, d'avoir accès un jour aux premiers bancs de l'église le dimanche et de faire de grands voyages.

À Noranda, les toutes premières rangées de l'église sont occupées par le notaire, les avocats et les médecins qui écoutent attentivement le curé qui va souvent en Europe et qui se sert du sermon pour raconter ses voyages. Les femmes des gens «honnêtes», comme les appelle mon père, s'habillent à Montréal. Elles sont les princesses d'Abitibi. Elles font penser aux photos rêvées du *Life*. On parle de leurs infidélités conjugales, des cinq à sept qu'elles organisent, de leurs enfants malheureux. On va jusqu'à prétendre que certaines d'entre elles sont des fifines, qu'elles boivent. En observant les grands chapeaux, les manteaux de vison de ces dames du Nord, j'imagine ce luxe qu'elles déploient dans leur maison à deux étages après souper : leurs pyjamas de satin, leur voix feutrée, leurs belles manières. Comme Lana Turner dans *Diane de Poitiers*.

Assis dans les derniers bancs ou au jubé, les mineurs s'efforcent d'être généreux avec cet homme qui les représente si bien à l'étranger. À la fin de ses récits de voyages, il fait toujours des remontrances sur notre manque de générosité. Puis, avec une transition qui tient de la magie, il passe aux mauvaises pensées en mettant en évidence les broderies de son surplis empesé. Voyages, argent, péchés de la chair. Le mot «chair» sonne «chère» dans ma tête. Œuvre de chère. J'aimerais aimer la religion, mais j'ai toujours une barre dans mon cerveau qui m'empêche de m'abandonner complètement et d'avoir la foi, la vraie, celle qui déplace les montagnes.

Au fond, j'aime la messe comme l'école, parce que je peux y être seule et tranquille. La messe est un temps de rêve absolu, de jouissance solitaire, de baisers de longue durée. Eddy me lèche les lèvres, langoureusement. Ou bien est-ce Pat Boone, avec sa peau de bébé? Dans la paix du sermon, une lumière blonde traverse les vitraux et caresse les bancs de chêne. *Love Letters in the Sand* rejoue dans ma tête, à l'infini.

Eddy ne vas pas à la messe. Ça se comprend, il n'est pas catholique. Il ne va pas à la synagogue non plus, il me l'a dit. Il ne croit en rien et trouve que la religion, c'est ridicule et qu'au lieu d'unir les gens, ça les sépare. Que ça justifie toutes les guerres. Je ne comprends pas trop trop ce qu'il veut dire, mais je pense qu'il y a là une sorte de vérité.

Ce que j'aime le plus au monde, c'est lire. J'ai déjà lu tous les livres de la comtesse de Ségur et de la bibliothèque de Suzette. Depuis que je sais lire, j'en ai reçu en cadeau d'anniversaire de ma tante Alphonsine, qui a une étagère pleine de livres de Pierre Loti et de Delly, bien couverts et bien classés par ordre alphabétique. Elle m'offre maintenant des *Brigitte* de Berthe Bernage. *Brigitte jeune fille*, *Brigitte maman*, *Brigitte aux champs*, etc. Dans ces romans, le personnage principal est une belle jeune fille, française, catholique, pratiquante, riche et parfaite. Tout le monde l'aime, son fiancé, son père, sa mère, ses beaux-parents. Il y a des petits malentendus dans leur amour, mais ça finit toujours par s'arranger dans un froufrou de robes blanches.

À part les livres, j'aime bien le cinéma. Il y a plusieurs salles de cinéma dans les deux villes, sept peut-être. Je n'ai pas tout à fait seize ans et en principe je n'ai pas le droit d'y entrer. Mais j'y vais souvent avec Danielle et Yvonne. On se met beaucoup de rouge à lèvres et on emprunte les souliers à talons hauts de nos mères. Les gars y vont de leur côté. Eddy ne m'y a jamais emmenée, mais je l'ai vu l'autre jour avec Sandra, quand je suis allée voir *The Eddy Duchin Story*. Ils ont necké pendant tout le film. Dans le noir, je ne savais plus si j'avais de la peine à cause de Tyrone Power quand il apprend que Kim Novak est morte en accouchant ou à cause d'Eddy Goldstein qui entourait de ses grands bras les épaules de Sandra Dubreuil. C'était comme si je voyais un film dans le film et je pleurais doublement à chaudes larmes. Danielle me donnait des Kleenex et, à un moment donné, ils se sont ratatinés en petits tapons mouillés qui n'absorbaient plus rien. Danielle n'arrêtait pas de me dire à l'oreille :

— Fais-toi-z-en pas, c'est juste un film. C'est pas vrai, c'est juste une histoire, voyons donc.

J'avais les yeux rouges quand je suis rentrée à la maison et Coco n'a pas manqué de le remarquer :

— Encore la p'tite femelle qui braille pour rien. Tu vois, t'es trop jeune pour aller aux vues.

Il est comme ça, Coco. Il réussit toujours à décocher une flèche là où ça me fait le plus mal : c'est un archer du cœur. Il ne veut pas que je marche du même côté de la rue que lui. Même quand il est avec Bernard, il me demande toujours de traverser. Ils ont honte d'être avec leur sœur, parce qu'ils ont honte d'être avec une fille. Coco et Bernard m'appellent «femelle» parce que je n'aime pas les films de cow-boys qui me donnent des cauchemars la nuit. Il m'arrive de rêver que je suis une belle Indienne aux tresses noires tapie au fond de sa tente, que de gros cow-boys aux jambes arquées menacent avec leurs fusils. Parfois mes cris au secours débordent du rêve et réveillent tout le monde dans la maison. Mon père vient alors me secourir et je pleure dans ses bras pendant qu'il m'appelle Chouchoune. Il a ce bon côté, mon père : il est protecteur quand on est mal pris. On peut toujours compter sur lui et on oublie une minute qu'il nous fait peur.

Coco et Bernard considèrent qu'il n'y a que deux sortes de films, les films de cow-boys et les films de love. Ils aiment mieux les films de cow-boys à la condition qu'ils ne soient pas trop infestés de love. Moi, j'aime les films de love en couleurs, les films qui suintent la passion. J'adore ça, même si je pleure et que je sors avant la fin. C'est la troisième fois que je vois *The Eddy Duchin Story* et je suis prête à y retourner n'importe quand.

Hier, Coco et Bernard n'ont pas pu entrer au Capitole. Ils ont plus de seize ans, mais ils ont l'air d'en avoir douze. Je faisais la queue et ils sont venus me supplier d'acheter les billets pour eux. J'ai refusé net et j'ai donné mon ticket au placier, du haut de mes talons hauts. Il y avait à l'affiche un film historique érotique : *Land of Pharaohs*. Heureusement que c'était biblique, parce que Joan Collins se promenait les seins presque nus dans des scènes pas mal osées. Sûrement de quoi faire un péché véniel. Mais Joan Collins a été bien punie quand elle s'est fait enfermer vivante près du sarcophage de son pharaon de mari. Elle voulait toutes ses richesses, elle les a eues, mais elle en mourra. Son cri de détresse traverse de bord en bord l'écran de cinémascope.

Ma mère ne veut pas que j'aille au cinéma. Je dois lui conter des mensonges quand j'y vais. Par exemple, hier, je lui ai dit que j'allais chez Yvonne Théroux pour passer l'après-midi. Quand je suis revenue à la maison, j'ai tout de suite compris que Coco et Bernard lui avaient tout raconté. Comme d'habitude, elle a été très polie en surface.

— Tu m'avais dit que tu allais chez Yvonne.

— Oui, j'suis allée chez elle, mais elle était pas chez elle, puis j'ai décidé d'aller voir un film historique.

— Un film historique! Pour dix-huit ans et plus!

— Coco pis Bernard ont essayé d'entrer eux autres aussi, mais y ont pas pu.

— Laisse faire Coco pis Bernard. C'est de toi qu'on parle. Moi qui avais tellement confiance en toi. J'pourrai pus avoir confiance.

— O.K., j'ferai pus ça.

— Pis regarde-moi donc comme il faut. Depuis quand que tu mets mes robes pis mes souliers, puis ôte-moi ton épaisseur de rouge à lèvres. Ça fait commun.

Coco et Bernard ont vu toute la scène sans broncher. J'ai fait claquer la porte de ma chambre. Je jure de retourner au cinéma voir n'importe quel film dès que l'occasion se présentera. Je rêve que j'appelle Eddy pour qu'il m'accompagne. Personne n'en sait rien. Je veux qu'il m'offre un gros pop-corn et qu'il me tienne la main tout le long du film. Eddy, mon bel Eddy, qu'est-ce que tu peux bien lui trouver à Sandra?

En attendant, je prépare ma valise pour le pensionnat. Je brode des taies d'oreiller. Ma mère me montre comment faire du petit point. Elle a déjà brodé des nappes et des serviettes avant de se marier et elle aimerait bien que je puisse faire comme elle. Je n'en vois pas l'utilité. Ma mère non plus, mais elle trouve que c'est un bon exercice de patience et de perfection. Je garde souvent mon petit frère Momo, et ça m'exerce assez bien la patience, merci.

Je n'ai pas vu Eddy depuis longtemps. J'aime autant ne pas le voir. Je ne sors pas tellement : j'ai peur de le croiser. Si je le voyais, je mourrais. J'aurais l'air d'une vraie niaiseuse. Je me connais : j'aurais des tonnes de bêtises à lui dire, qui resteraient là, dans ma tête, à se déplacer comme un typhon sans fond. L'été avait bien commencé mais il finit mal cette année.

Enfin le début de septembre, enfin je peux partir. Il fait beau et je prends l'autobus de l'Abitibi Coach Lines, seule, avec une valise énorme qui contient tout mon trousseau : des draps, des serviettes, des uniformes, des cahiers, mes petits calepins noirs dans lesquels j'écris mon journal. Je n'écris pas tout, évidemment, parce que mes frères viennent parfois fouiller dans mes affaires et je ne veux pas qu'ils lisent des choses qu'ils pourraient utiliser contre moi.

Avant de partir, j'ai rencontré Eddy, au coin de la Gamble, sur la *Main*, juste en face du Kresge's. J'étais surprise de le voir tout seul, comme ça. Il a même fait un grand sourire en me voyant. C'est là qu'il m'a appris la nouvelle : il a cassé avec Sandra. Je l'ai écouté attentivement et, à ma grande surprise, les phrases qui bourdonnaient dans ma tête depuis le fameux party au chalet de Sandra ont disparu. J'avais beau les chercher, je ne les trouvais plus. Pas le moindre mot. Je lui ai même souri, sans y penser. C'est tout ce qu'il attendait. Les yeux fermés, il s'est penché pour m'embrasser sur la bouche. Je l'ai laissé faire. Il a promis d'écrire et je l'ai cru sur parole. Je suis repartie la tête haute, comme un grand pin blanc émergeant d'une sapinière chétive.

Le voyage de Rouyn à Ottawa dure dix heures. Je ressasse cette promesse en lisant une pile de vieux romans-photos et de vieilles revues d'acteurs que ma tante Alphonsine m'a refilées. Je lis les méchancetés que Louella Parsons déblatère sur les amours d'Elizabeth Taylor et Eddy Fischer. Pour une fois, je les trouve tous moins chanceux que moi. Quand ça devient trop mélo mollo, je regarde le paysage.

J'aime la réserve du parc La Vérendrye. J'ai l'impression de courir un danger sur cette route déserte qui n'en finit plus : pas de maisons, pas d'églises, pas de monde, beaucoup de gravier, beaucoup de poussière, beaucoup de conifères, beaucoup de lacs. Un gros ours surgit du bois et l'autobus s'arrête. Le chauffeur dit que la nuit, il y a des orignaux qui traversent et qu'il faut être très prudent si on ne veut pas les frapper. Mon grand-père est mort comme ça, entre chien et loup, après avoir heurté un orignal. Mon père a raconté mille fois cette histoire, comment son auto avait été défoncée par l'animal gros comme un cheval. Il avait fallu des tenailles pour sortir mon grand-père de l'auto tant elle était écrasée et il y avait du sang et des tripes partout sur la route. C'est la seule histoire vraiment morbide qu'il raconte. Rien à voir avec les quelques vers de Hamlet qu'il nous récite quand le mot « Shakespeare » est prononcé, ce qui a pour effet de le remonter comme un automate.

Passé le parc La Vérendrye, l'autobus s'arrête à Grand-Remous pour le dîner. Les remous bouillonnants de la rivière Gatineau me fascinent, de même que les billots qui virevoltent au-dessus de l'écume comme s'ils n'étaient que broutilles. On reprend la route aussitôt après le repas. Près de Maniwaki, les arbres commencent à montrer leurs couleurs et les collines sont aussi rondes que celles de Notre-Dame-du-Nord, chez grand-maman Éthier. Les plates étendues de l'Abitibi que j'ai laissées derrière moi, avec leurs épinettes rabougries et leurs pins isolés parmi quelques bouleaux, me semblent ternes et sèches. Je me dis qu'au fond, l'Abitibi, c'est bien laid.

Il n'y a vraiment que ma mère pour penser que c'est beau. Elle dit que c'est beau parce que tous les étés des Américains s'y installent avec l'air insouciant des riches qui s'ennuient. L'hiver, personne ne les revoit et tout le monde rêve de les rejoindre en Floride. Mon père dit qu'il est bien chanceux d'être payé pour aller dans les bois d'Abitibi alors que les touristes sont obligés de payer pour y pêcher. Je les trouve bien stupides, ces touristes, de payer pour se faire manger par les mouches noires en attendant que le poisson morde.

À Maniwaki, plusieurs filles montent dans l'autobus. Elles se connaissent toutes et elles vont au couvent d'Ottawa elles aussi, d'après leurs dires. L'une d'entre elles s'appelle Annie. Ses cheveux noirs et son teint d'Indienne contrastent avec ma peau blanche et mes petits cheveux blonds. J'ai l'air malade à côté d'elle. Elle rit facilement, parle d'une voix rauque et plisse ses yeux noirs pour rire entre chaque phrase. Je lui souris, et elle vient s'asseoir près de moi.

— Comment tu t'appelles?
— Claude. Pis toi?
— Annie. D'où tu viens?
— De Noranda.
— Wow, c'est loin. Où tu t'en vas?

— À la même place que toi, au couvent Sainte-Marie.

— Ah! c'est le fun...

Elle éclate de rire et elle dit très fort aux autres filles que je suis une nouvelle de Noranda. Elles me regardent de la tête aux pieds. Je me sens rassurée de connaître des filles avant même d'arriver.

Elles racontent que leurs chums vont les attendre au terminus. Elles semblent plus vieilles que moi et elles parlent des garçons, des partys qu'elles ont eus pendant l'été et de ceux qu'elles auront pendant l'année. Elles ont l'air de se connaître depuis bien longtemps et je les envie d'être si joyeuses toutes ensemble. Moi je n'ai qu'une vraie amie, c'est Danielle Dusseault. Sandra, Yvonne et Nicole, ce ne sont pas de vraies amies. Pas Sandra en tout cas, je ne peux plus la voir en peinture. Je ne sais même pas où elle ira à l'école cette année. Danielle est à Ottawa, mais dans un couvent très huppé. Yvonne et Nicole sont parties à Québec dans un grand couvent renommé, elles aussi, au collège Bellevue, si je me rappelle bien. Ma mère dit que tous les couvents se valent. Alors pourquoi les filles de riches vont-elles ailleurs que moi? Elle n'a pas de réponse à ça.

J'entre dans un édifice de pierres grises entouré d'une énorme clôture de pierres tout aussi grises. La sœur qui m'accueille s'appelle sœur Dorothée-de-la-Passion et elle m'assigne un des cent lits blancs du dortoir. Annie vient me rejoindre presque aussitôt. Je me familiarise peu à peu avec ce que ma mère appelle «les êtres de la maison»: les toilettes, les baignoires, le réfectoire, la salle de récréation, le parloir, le bureau de la directrice. Tout est en rang d'oignons. Ça sent le savon de Castille. J'ai l'impression de me promener dans des dédales, mais je me sens libre malgré tous les règlements affichés un peu partout : me voilà enfin débarrassée de Coco et de Bernard. Je sors de mon monde de garçons, je n'aurai pas à surveiller mes frères, ni à me faire surveiller. Je commence une nouvelle vie. Personne ne me connaît. Je me sens importante, je suis quelqu'un, une fille parmi les filles.

Les fins de semaine, les autres partent chez elles à Maniwaki, à Notre-Dame-du-Laus ou à Gracefield, et je reste seule avec les sœurs à hanter les grands couloirs aux planchers cirés clair. L'après-midi, je vais voir un bout de film interdit ; la nuit, je lis une partie de roman dans les toilettes en fumant des bouts de cigarettes. Le dimanche, je bois la moitié d'une bouteille de coke dans le dortoir où il est strictement interdit d'apporter de la nourriture. C'est plate à mort. Au moins, je peux écrire tout et n'importe quoi dans mes petits calepins noirs et je n'ai pas peur que mes frères découvrent ce que j'invente à propos d'Eddy.

Beau temps, mauvais temps, comme toutes les filles du couvent, j'assiste à la messe de six heures et demie du matin, ce qui me fait vomir tout reste de religion. La chose que je déteste le plus au monde, ce sont les sermons, et ici j'ai droit tous les jours à d'interminables histoires d'Évangile. Je compte les fois où le mot Jésus est prononcé et ça me donne le vertige. Je me ronge les sangs et les ongles et je n'écoute rien sauf quand l'aumônier parle des mauvaises pensées. Les filles disent tout bas qu'il a une blonde à Paris. En tout cas, il y va souvent et il en revient tout guilleret. J'attends la communion. Ça me permet de bouger un peu et de ne penser à rien.

Une fois je me suis évanouie, parce que c'était le début de mes menstruations. La surveillante m'a ramassée, m'a ramenée à l'infirmerie et m'a donné une bouillotte en disant tendrement : «Pauvre petite fille, c'est dur d'être une femme. C'est ben dur.» Le docteur a prescrit des pilules très fortes qui me droguent pendant plusieurs heures. Quand le pire est passé, je me relève en pleine forme, et personne ne pourrait dire que je viens de me tordre de douleur. J'oublie tout ça pendant quelques jours et tranquillement la hantise de la prochaine fois revient. Le docteur a assuré ma mère que tout rentrera dans l'ordre un jour quand j'accoucherai de mon premier enfant. C'est héréditaire, paraît-il, parce que ma tante Laura a eu les mêmes maux de ventre. Comme tout le monde pense que c'est pour ça qu'elle est restée vieille fille, ça me fait bien peur.

Je vais plus souvent qu'à mon tour à l'infirmerie où j'ai presque installé mes pénates. Il y a une salle de bains attenante et j'en profite pour y fumer quelques cigarettes en cachette en ouvrant très grand la fenêtre. Annie vient m'y rejoindre et on parle pendant des heures. L'autre soir, très tard, on s'est fait prendre, et la surveillante nous a dit qu'elle allait nous dénoncer à la directrice.

— Malade, pas malade, retournez au dortoir, a dit sœur Dorothée-de-la-Passion avec sa voix haut perchée.

Je n'ai plus le droit de retourner à l'infirmerie et j'écope du ménage de la bibliothèque. C'est dommage, il n'y a aucun livre qui m'intéresse dans la bibliothèque du couvent. À part les traités sur la religion et les bonnes manières, il n'y a que des romans de Berthe Bernage et de Delly, ou bien des choses comme *Vingt*

Mille Lieues sous les mers ou *Robinson Crusoé*. J'ai tout lu ça quand j'étais plus jeune. J'aimerais lire les livres dont on parle dans les cours de littérature, comme *Madame Bovary*, *Le Rouge et le Noir*, *L'Assommoir*. Ou même *Agaguk* ou *Bonheur d'occasion*. Mais tous ces livres sont interdits et le fait de les lire entraîne un vrai péché mortel. Si je pouvais mettre la main sur l'un d'eux, j'aurais enfin un vrai péché mortel à confesser.

Ma mère me manque un peu, mais je ne le lui dis pas. Je ne veux pas me plaindre parce qu'elle serait bien déçue, et je trouve qu'elle en a plein le dos avec mes quatre frères. Dans ses lettres, elle écrit toujours les mêmes choses que je lis avec le plus grand intérêt du début à la fin. Papa est parti dans le bois pour trois mois. Coco et Bernard n'étudient pas tellement, mais ils font beaucoup de musique dans le salon. Bernard surtout. Ils ont même installé une batterie près du piano. Lulu est dépaysé depuis mon départ, et maman lui apprend le piano pour l'occuper un peu. Elle dit qu'il a beaucoup de talent, qu'il joue par oreille et qu'il sait par cœur des tas de morceaux. Elle n'a même pas besoin de lui dire de pratiquer. Momo me réclame tout le temps. C'est normal, je le gardais souvent et j'en avais soin comme si c'était mon bébé. Heureusement que ma tante Alphonsine venait s'occuper de lui de temps en temps, ce qui me permettait de respirer un peu.

Tout le monde aime ma tante Alphonsine. Elle m'écrit parfois, de sa belle écriture égale et ronde. Ses phrases aussi sont rondes et égales. Je suis sûre qu'elle fait des brouillons qu'elle doit garder dans des tiroirs. Chaque fois, elle annexe quelques dollars à ses petits mots, ce qui la rend encore plus sympathique.

Je reçois une lettre d'Eddy. De belles pattes de mouches en anglais me caressent les yeux. Il ne me raconte presque rien, mais dans les choses les plus banales qu'il écrit, dans ses moindres mots transparaît la love. À la fin, il m'embrasse avec des X, puis il signe en déformant complètement son écriture, comme s'il avait signé un chèque. Avant de lui répondre, je relis sa lettre au moins vingt fois. Je recommence ma lettre autant de fois : ou bien c'est trop romantique, et j'ai peur qu'il prenne peur, ou bien c'est trop sec, et j'ai peur qu'il pense que je ne l'aime plus. À la fin, je fais une moyenne de toutes ces versions que je transcris sur du papier fin et je dessine un arc-en-ciel dans le coin droit. Je signe avec fièvre : *I kiss you*, X X X X X X X, *Love*, Claude.

À Noël, je reprends l'autobus pour aller passer les fêtes à Noranda. Je suis sûre qu'Eddy m'attendra au terminus. Ça m'énerve, on a beaucoup de retard parce qu'une tempête de neige rend la visibilité nulle. On voit des autos prises dans les fossés. Une chance que l'autobus est lourd et que le chauffeur est habile. Finalement, on arrive, et mon père m'accueille avec un grand sourire. Eddy n'est pas là, mais je suis heureuse que mon père soit venu à ma rencontre. Quand je suis loin de lui, j'oublie qu'il a un sale caractère et je pense plutôt à ses blagues et à ses histoires. Son mackinaw sent le bois, et ça me réchauffe le cœur, quand je lui saute dans les bras pour l'embrasser.

À la maison, tout le monde est content de me voir. Il y a plein de mokas et de tourtières dans le garde-manger et ma mère me demande si j'ai faim avant de m'embrasser. Coco ne bronche pas et continue de regarder sa partie de hockey à la télévision sans se préoccuper du tintamarre que mon arrivée entraîne. Il finit par relever la tête à un moment donné et il me dit qu'il a vu Eddy cet après-midi.

— Ton chum, y a pus de dents, j'y ai pété la yeule en sang sur la bande en jouant au hockey.

— T'es pas drôle, Jacques Éthier, tu pourrais en inventer une plus comique.

— Tiens, tiens, la Suffragette fait sa suffragette.

Mon frère Coco me fait tellement enrager que je n'ai plus le goût de défaire mes valises. Je suis prête à repartir par l'autobus de nuit. Mais ma mère me calme :

— Occupe-toi pas de lui, y dit ça rien que pour te taquiner. C'est parce qu'y aime sa p'tite sœur qu'y fait ça. Veux-tu de la tourtière encore chaude ?

— Ma p'tite sœur mon œil, dit Coco en se replongeant dans sa partie de hockey.

Je suis contente de retrouver mon lit, même si ma chambre est encombrée par les affaires de Coco. Quand je suis partie, il prend ma chambre. Ce soir, il va dormir dans le salon parce qu'il ne veut plus dormir dans la chambre des garçons avec les trois autres. Je pense qu'il est jaloux de moi, non pas parce que je suis une fille, mais parce que j'ai des privilèges de fille étant donné que je suis la seule fille. Et puis, après tout, je suis de la visite.

Tout le monde est parti ce matin. Je suis seule dans la maison et j'en profite pour fouiller dans les tiroirs de ma mère, comme quand j'étais petite. Au cas où je découvrirais un fait étrange, un secret, je ne sais trop quoi. J'essaie tous ses bijoux. Je palpe ses vêtements. Elle a un vieux carnet jauni dans lequel elle a transcrit des poèmes d'amour. J'essaie de l'imaginer à mon âge. C'est un exercice impossible. Elle a toujours été une femme de son âge. Mais pour qui a-t-elle transcrit ces poèmes d'amour avec son écriture parfaite ? Je fouille dans sa grosse collection de cartes postales. J'essaie de regarder ce qu'il y a d'écrit derrière les cartes couleur sépia qui viennent surtout de Bretagne. Il y a la mer, il y a des femmes en sabots avec des bonnets de dentelle. Ça me semble loin et ancien. C'est sa façon à elle de voyager. Elle ne va nulle part, elle dit qu'elle est bien chez elle, avec ses enfants, qu'elle ne demande rien d'autre à la vie. J'essaie de percer le mystère de son cœur, mais il y a toujours une petite barrière dans ses yeux. Un voile dans son regard pourtant franc. Je sais qu'elle m'aime. Elle le dit. Mais je ne la crois pas quand elle le dit. Je ne crois pas ses mots. Je ne crois que son sourire, parfois. Elle est très raisonnable comme mère. Elle peut s'occuper de nous toute seule pendant des mois quand mon père est parti dans le bois. Elle répète souvent la même phrase pour nous faire peur : « Attends que j'le dise à ton père. » Mais quand il revient, elle est si contente qu'elle ne lui dit presque rien. Elle ne veut pas jeter d'huile sur le feu.

En cachette, j'appelle Eddy. Il se fait tirer un peu l'oreille. Il accepte finalement de venir au cinéma avec moi. Il me donne rendez-vous devant le Capitole. Nous allons voir *The Man With the Golden Arm* avec Frank Sinatra. C'est un film très dur dans lequel Sinatra passe son temps à jouer aux cartes et à se piquer à l'héroïne. C'est la première fois que je vois un vrai cas de drogue et je ne suis pas certaine de comprendre. Eddy a l'air de tout saisir et il me prend la main au moment où je m'y attends le moins. Mes tempes battent très fort. Heureusement qu'il fait noir parce que je me sens rougir jusqu'à la racine des cheveux. Le reste du film se déroule dans la brume et je suis partie bien plus loin que Frank Sinatra, dans un ciel où plus rien ne m'atteint.

En sortant du cinéma, on va prendre une patate sauce au Radio Grill. Je pense revoir les copines qui ne manqueront pas de m'inviter à des partys. Mais Eddy m'apprend qu'il n'y en a pas à l'horizon : la famille Dusseault est partie en Floride ; les parents d'Yvonne et Nicole sont allés à Montréal pour les fêtes. Il ne me parle pas de Sandra Dubreuil. D'ailleurs, je ne veux plus rien savoir d'elle. Je dois donc me rabattre sur la parenté pour fêter un peu. Eddy s'en fiche pas mal des repas des fêtes. Chez lui, personne ne fête Noël à Noël. Les juifs ont aussi des fêtes, mais pas en même temps que nous. Je n'ose pas l'inviter pour le dîner de Noël chez ma tante Alphonsine. Pourtant, elle aimerait bien Eddy. Elle parle l'anglais et elle a des amis juifs très riches.

Eddy ne me donne plus de ses nouvelles. Les fêtes se fêtent. Entre les repas de dinde et de tourtière, je fais des promenades dans le soleil dur et la neige qui craque. Les maisons sont figées, les fenêtres givrées. On dirait des rangées d'iglous. Sans contours dans la neige, elles s'alignent devant des trottoirs tout blancs. Comme si les nuages s'étaient solidifiés sous nos pieds. Dîne ici, soupe là, les cousins, les cousines. C'est les fêtes. Il faut que je répète trente-six fois les mêmes choses : « Oui, j'aime ça à Ottawa ; oui, ça va bien dans mes études ; non, j'ai pas grandi ; oui, j'ai plus de boutons qu'avant ; non, j'ai pas de chum steady. » C'est plate à mort.

Mon anniversaire coïncide avec les Rois. C'est pratique, ça fait deux fêtes dans une. Avant de me souhaiter une bonne fête, ma mère dit : « Aux Rois, un pas d'oie. » Cette année, pour une fois, le jour des Rois est moins important que ma fête et j'aurai droit à des chandelles sur le gâteau dans lequel ma mère cache une fève. Pour l'occasion, elle m'a permis d'inviter une amie. J'avais droit à deux, mais Coco a déjà dit à André de se joindre à nous, parce que Danielle est partie en Floride avec ses parents et qu'il est tout seul, le pauvre André! Si au moins il avait invité Eddy. Mais non, voyons. Et moi, je ne l'appelle pas. J'invite Yvonne qui est revenue à temps de Montréal pour l'occasion.

Ma mère a fait un gros pâté à la dinde. Elle avait mis la vaisselle ordinaire sur la table, mais j'ai tout recommencé. J'ai sorti la belle nappe brodée au richelieu, la verrerie, l'argenterie, la porcelaine. Tout. C'est ma fête, et pour une fois que j'ai un vrai gâteau, j'en profite. Et puis je pars demain matin.

Les gars se gominent les cheveux. Tout le monde est là. Ça parle fort et mon père fait des blagues devant Yvonne et André. Il leur raconte ses histoires et ma mère rit de bon cœur. Le coke pétille dans nos verres à vin. Je suis la reine des Rois, et c'est moi qui trouve la fève dans le gâteau. J'ouvre mes cadeaux. Ma mère n'a pas eu le temps d'envelopper le sien, mais ça ne fait rien. Du beau papier à lettres. Un gros dix piastres enfoui dans une enveloppe. André m'offre une boîte de chocolats Laura Secord que tous mes frères s'arrachent. Yvonne me donne un collier de perles satin enveloppé dans un écrin de velours. Ma tante Alphonsine n'a pu s'empêcher de me faire cadeau d'un roman de Delly. «Pour ta fête et les fêtes», elle se pense bien spirituelle avec sa carte de souhaits et son «*sweet sixteen never been kissed*». Mes frères disent en chœur: «Ha! ha! mon œil!» Pourtant, je la croyais mon alliée, ma tante Alphonsine.

Après le souper, on entoure le piano. Maman joue des airs de la Bonne Chanson. Mon père chante *Parlez-*

moi d'amour. Puis il retourne à la cuisine brasser la vaisselle. Maman va le rejoindre et Lulu prend sa place. Bernard l'accompagne à la guitare. Le répertoire change et, pour la première fois, on a le droit de danser sur le tapis du salon. Ma mère dit : « Pas de rock'n'roll. » Alors on ferme les lumières et on danse des slows. Coco danse avec Yvonne et moi je danse avec André. Momo regarde tout cela avec des yeux de crapaud, calé dans le sofa. André me serre très fort, et j'essaie de me dégager. Si Danielle savait ça, elle déchanterait. En attendant, sa blonde est en Floride et puis André, c'est loin d'être Eddy, mais c'est mieux que rien. À onze heures, ma mère allume les lumières et elle dit délicatement : « Faut que Claude prenne son autobus de bonne heure demain matin. » Tout le monde a compris. André me donne un gros baiser chaud, me chuchote à l'oreille qu'on se verra cet été. Avant que je puisse lui répondre, il s'est déjà engouffré dans une buée de froid noir. Coco va reconduire Yvonne. La fête est finie.

Je reprends l'autobus pour Ottawa. Même route longue, mêmes épinettes rabougries, mêmes pins blancs égarés dans le ciel des lacs gelés. Je retrouve les filles à Maniwaki. Cette fois-ci, je fais partie de la gang et on se raconte tous nos partys en même temps. Évidemment, je suis obligée d'en inventer pas mal pour être à la hauteur. J'ajoute des fêtes aux fêtes, des cadeaux aux cadeaux, de l'amour à la love. À force d'inventer, je finis par me croire. Heureusement que ma fête a tout racheté.

J'écris à Eddy, me disant que la petite flamme renaîtra dans les lettres, dans les petits mots d'amour et les X X X X X X X, *Love*, Claude. Peine perdue. Il ne répond pas. Puis il écrit une lettre ordinaire, sans aucun X, sans aucun *Love*. Rien du tout. Des nouvelles plates concernant ses études qu'il commence à prendre au sérieux. Le désir s'est affadi, je ne sais trop comment ni pourquoi. J'ai perdu Eddy, ma mère a gagné la première manche. Je me jette dans les livres et heureusement que j'ai mes petits calepins noirs pour écrire ma peine.

Je retourne dans le Nord pour les vacances d'été. Je pense à Eddy tout le long du voyage en autobus vers Rouyn. Je pense qu'il va surgir de mon désir, que le vieil Indien qui boit sur le siège à côté de moi va se transformer en Eddy comme dans les contes de fées. Quand finalement l'autobus tourne rue McQuaig en direction du terminus, c'est lui que je vois en premier. Il est avec Sandra Dubreuil, et tous les deux se promènent main dans la main. Mon chien est mort.

Mon père est au terminus, qui m'attend avec le sourire, comme d'habitude, quand il y a longtemps qu'on s'est vus. Il m'avertit que Coco s'est approprié ma chambre parce qu'il travaille tôt le matin et qu'il ne peut pas se coucher trop tard, ce qui priverait tout le monde du salon. Je lui dis que je comprends, mais au fond, ça m'enrage. Je pense que je n'ai plus de place, qu'il faudra que je m'installe ailleurs à mes frais le plus vite possible. Ma mère a fait un bon souper, et j'oublie tout ça. Je suis heureuse de les revoir tous, même Coco.

Je prends le salon et je fais exprès pour fermer la porte à dix heures, prétextant que je me couche. Mais, comme on a enfin une télévision, une grosse combinée comme chez Danielle Dusseault, je regarde *Ciné Club* jusque très tard dans la nuit: *Les Quatre Cents Coups*, *Hiroshima mon amour* et tous ces films qu'on ne voit jamais dans les salles de Rouyn parce qu'ils ne sont pas américains. J'éteins les lumières et je baisse le son au plus bas pour que tout le monde pense que je dors. La belle Emmanuelle Riva se tourne dans son lit en parlant doucement de la bombe d'Hiroshima. Je ne perds pas un mot de ce qu'elle chuchote dans son insomnie et je me sens solidaire de tous les bombardés du monde. Je ne dors pas, mais c'est tout comme, à cause du silence, de la solitude et de la grande noirceur. Coco veut entrer, mais je refuse en lui disant que je dors pour vrai. Ça le fait enrager, d'autant plus que parfois je laisse entrer Bernard et Lulu. C'est mon privilège. Coco se venge en me parlant tout le temps d'Eddy et de Sandra. Je n'ai aucun répit.

Ma mère, qui est une vraie mère qui s'occupe de tout, m'a trouvé du travail à l'hôtel Noranda comme serveuse. Je suis bien contente qu'elle ait fait ça pour moi, ça va me changer les idées. Elle a un peu hésité, à cause de ce lieu toujours louche qu'est un hôtel, mais l'appât du gain a eu raison de ses scrupules. On parle, ma mère et moi. On est toutes seules dans la maison. Elle m'offre une cigarette et un pepsi. Je me sens très importante, une vraie femme. C'est la première fois qu'elle me traite d'égale à égale. Elle s'est peut-être ennuyée de moi. Il faut dire qu'elle ne pouvait plus compter sur moi pour garder, faire la vaisselle, faire les repas. Quand elle est comme ça, devant moi, avec sa petite robe fleurie, sa cigarette et son pepsi, je la trouve belle un instant. Mais ça ne dure pas longtemps.

— Tu sors pus avec ton juif? Y t'a rappelée, hein?

— Non. On sort pus ensemble.

— C'est mieux comme ça, tu vas voir. C'est compliqué, les religions différentes, les langues différentes, les mentalités différentes. Regarde sur la 2e Avenue, c'est plein de Polonais qui ont marié des Canadiennes, pis c'est pas drôle. Trouve-toi donc un bon Canadien.

— Facile à dire.

— Ben voyons donc, la mère des gars est pas morte. Tu vas t'en trouver un autre.

C'est le mois de juin. Ça fait déjà un an que j'ai appelé Eddy la première fois. Il vient de pleuvoir et les haies de saules embaument la rue Murdoch. Comme l'été dernier, quand je me promenais avec Eddy et qu'il me prenait la main des fois. Je la gardais toujours prête, dégagée, au cas où. Et quand il la ramassait distraitement, mes tempes valsaient.

Je me présente à l'hôtel, croyant pouvoir commencer mon entraînement. Le gérant a un geste de recul en m'apercevant. C'est un gros gérant gras qui porte de grosses lunettes de corne. Ses yeux tourbillonnent au fond d'une spirale tant ses lunettes sont fortes. Je me dis qu'il doit être plus myope que moi. Et aussitôt, par réflexe, je pense à mes lunettes qui ne conviennent pas au style de la maison, c'est évident. Pas à une waitress, en tout cas.

— Examinons ton dossier.

— Je n'ai pas de dossier, c'est ma mère qui m'a dit que j'étais engagée.

— Il y a un petit malentendu, ma belle. Remplis ce formulaire-là, puis j'te rappellerai quand on aura besoin de toi.

Sans grand enthousiasme, je laisse en blanc les espaces concernant l'expérience acquise. Je n'ajoute presque rien finalement sur le formulaire, puisqu'il n'y a aucune question concernant les études. Évidemment, le gérant ne me rappelle pas.

Je dis à ma mère que je n'aurai pas cet emploi. Elle a l'air un peu soulagée.

— Ça fait rien, tu t'occuperas de Momo pis tu m'aideras dans la maison. L'an prochain, on te trouvera quelque chose dans un bureau, ça conviendra mieux. J'vas dire à ton père d'en parler au député; avec lui, ça traînera pas, tu vas voir.

J'attends malgré tout un appel d'Eddy. Quelque chose me dit que je vais le revoir. Yvonne Théroux et Danielle Dusseault m'ont appris que Sandra a étudié toute l'année à Ottawa et qu'Eddy est allé la voir quelques fois. «Le salaud, y m'a même pas appelée», voilà ce que j'ai envie de leur dire, mais je reste calme et digne. Il ne faut pas montrer que ça m'atteint, sinon de quoi aurais-je l'air? Quand une fille se fait laisser par un gars, il ne faut pas que ça paraisse. Il faut faire comme si ça ne me dérangerait pas même si en dedans j'aurais le goût de me tuer.

Mais pendant tous ces jours de grande chaleur où je m'occupe de Momo, je ne peux m'empêcher de penser à lui.

Puis un événement vient tout chambarder : au mois de mars, j'ai participé à un concours pour aller au festival de Shakespeare à Stratford, en Ontario. Il a fallu écrire une composition sur les délices littéraires de Shakespeare, que je ne connais pas. J'avais complètement oublié ça. Une lettre m'informe que j'ai gagné avec «ci-inclus des billets de train, des billets de théâtre, l'adresse où vous devez loger, l'horaire, l'itinéraire, etc.». Tout est bilingue, mais surtout en anglais.

Coco arrive en trombe et me dit qu'il me livrerait un secret intéressant pour une piastre. À propos d'Eddy. J'hésite et je finis par flancher. Eddy ira aussi à

Stratford, il a gagné lui aussi le concours, et il prendra le même train. Je cours dans ma chambre et je ferme la porte. Mon cœur bat très fort. J'ouvre la fenêtre très grand et j'allume une cigarette. Est-ce possible, est-ce possible ? Je pense que Coco m'a fait marcher et je deviens triste tout à coup. Qui vivra verra. *Que sera sera*, dirait Doris Day.

Mais non, Coco était sérieux. À la gare de Noranda, la première personne que je vois, c'est Eddy, de dos, qui embrasse tendrement Sandra.

Eddy finit par monter dans le train de l'Ontario Northland. Dans le même wagon que le mien. Le voyage va durer toute la nuit, c'est écrit dans le dépliant. Eddy fait semblant de ne pas me remarquer et il se tient à la fenêtre, soufflant des baisers gras à Sandra dans le creux de sa main.

Le train s'ébranle, et je vois Eddy se diriger au bout du wagon. Je fais semblant de ne pas le remarquer. Puis, mine de rien, il s'approche et s'assoit à côté de moi sur la banquette de velours. Il me parle de tout et de rien. Les mots courent dans le vide. Je ne le regarde pas, ne sachant pas si je dois être furieuse contre lui, Après tout, il m'a laissé tomber, il m'a abandonnée, trahie. Je reste plongée dans *Othello*, même si je ne comprends presque rien à ce vieil anglais, sauf une atmosphère, l'atmosphère de la passion toute noire avec du sang entre les lignes. Les mots de Shakespeare ressemblent à des prières qu'on fait au ciel dans les moments de grand désespoir même si on ne croit pas en Dieu. « *Thou hast...* », un impératif majestueux.

Puis je lui fais un grand sourire parce que j'en ai

envie depuis un moment, et on se met à parler avec chaleur, de très près, comme si on s'était vus la veille. Ça dure très longtemps et un boy noir vient nous demander de nous déplacer, car il veut aménager les banquettes en couchettes, ce qu'il fait en un tournemain. On se retrouve tout naturellement dans la partie du bas d'un lit superposé. Le lit du haut restera sûrement inoccupé. Tout ce que ma mère a craint m'est offert sur un plateau pendant que le train file vers Toronto dans la nuit la plus chaude de l'été.

Je vais enfin savoir ce que cachent les définitions du dictionnaire, les entre-lignes des livres sur les origines de la vie, les sous-entendus de Sandra. On parle de nos études, de nos professeurs, de la musique et de la politique et de la religion. Eddy réussit à parler de tout sans que je sache ce qu'il pense vraiment. Son visage m'arrive dans le halo de ma myopie : cheveux noirs gominés, yeux bleus profonds derrière des petites lunettes de métal, nez judaïque, bouche sensuelle, sourire d'acteur. Tous les mots qu'il dit sonnent comme des mots d'amour. Ses grandes mains effilées virevoltent, dessinant le contour de ses phrases. Il me fait penser à James Dean quand il est amoureux de Nathalie Wood et qu'il n'en laisse rien paraître sur son visage.

C'est le petit jour. Rien ne s'est passé. On relève le store et je m'aperçois que le paysage a changé. On longe une masse d'eau grande comme la mer : le lac Ontario. J'essaie d'imaginer ce que serait la mer, la vraie, et non pas une mer de neige comme en Abitibi l'hiver quand on ne voit que du blanc, de l'infiniment blanc, quand le ciel se confond avec la terre, quand on ne voit ni ciel ni terre, dirait ma mère. Je me sens très loin de l'Abitibi avec ses grandes épinettes efflanquées, décimées par les coupes de bois de la C.I.P.

En arrivant à Stratford, on se quitte. Moi, je vais avec les filles dans des maisons pour filles seulement ; Eddy, avec les garçons dans des maisons pour garçons seulement. Je trouve bien belle cette ville romantique à l'anglaise avec ses petits ponts jetés ici et là sur la rivière. Je n'arrive pas à dormir, je suis la princesse sur un pois du conte d'Andersen.

Eddy n'a pas beaucoup dormi non plus, les gars ayant fait la fête jusqu'aux petites heures, et c'est un peu fripés qu'on assiste à *Othello*. Desdémone est vêtue de rouge et Othello est tout noir. Je ne comprends pas bien leur accent, mais je sens que l'amour souffle à l'oreille de la mort. Je suis prise au piège du drame. Tout finit-il toujours ainsi ? Eddy dort par moments et sa tête tombe un peu sur mon épaule. Je lui en veux d'être aussi léger devant la beauté grave qui s'étale sur la scène, devant les costumes de velours et les décors de la passion sans borne. Il se réveille en sursaut quand on se lève pour applaudir. Il me fait un sourire et on décide de se promener le long de la rivière. Je garde toujours sa main dans la mienne, et quand on traverse les petits ponts, je me prends pour Grace Kelly dans *The Swan*.

On ne parle pas de Shakespeare, ni de Sandra, ni de nos parents. On est des personnages dans un film : on ne dit que des choses qui n'ont rien à voir avec la vie de tous les jours, on parle du sens de la vie, de la différence entre l'amitié et l'amour, de la couleur de l'après-midi. Tout le monde autour de nous croit qu'on sort steady. C'est à s'y méprendre et on s'y méprend nous-mêmes, la tête la première dans la love.

Hier, on est rentrés tard. Trop tard, même. Quand on

est revenus à la maison des filles, la porte était fermée à clé, et tout était éteint. Eddy était joyeux, il avait son petit sourire taquin, puis il a dit comme ça:

— Viens, on va dormir dans la parc, ça sera drôle. *Let's go*, on va chercher des *blankets* chez où je reste.

Chez lui, tout était ouvert et illuminé. J'ai attendu sur la galerie pendant qu'il allait chercher les couvertes. Comme dans un moulin à scie, les garçons rentraient et sortaient. Certains me zieutaient, se demandant bien ce que pouvait faire une fille à lunettes devant la maison des gars. Puis Eddy est sorti avec une couverte grise camouflée dans son sac à dos. On s'est dirigés vers le parc, tranquillement. Quand il a mis son bras autour de ma taille, mon ventre a sursauté.

Sur le bord de la rivière Avon, on a vite repéré un endroit bien abrité. L'eau était noire et argent. Des cygnes glissaient et les saules pleureurs faisaient comme un arc de triomphe autour d'eux. Eddy m'a enroulée dans la couverte rugueuse qui sentait le fond d'armoire. J'étais un peu craintive. C'était plus fort que moi, j'avais peur que Sandra surgisse d'un talus. Eddy a deviné et m'a dit «Mon 'tite Claude», puis il a commencé à m'embrasser sur le bord des lèvres. Ce fut comme une explosion de dynamite dans ma bouche. Il a relevé ma robe, puis il a ouvert son pantalon. Je sentais son sexe dur appuyé sur mon jupon de dentelle. Puis les doigts d'Eddy, ses grands doigts effilés, ont lentement poussé l'élastique de ma petite culotte détrempée par les caresses et les baisers. Cela a duré longtemps, très longtemps, et soudain j'ai crié dans le ciel de l'Ontario. Eddy a fait «chut» en retirant son doigt.

On n'a plus dit un mot. Eddy est resté bandé, les yeux tendus, grands ouverts, me suppliant de le caresser à son tour. J'ai regardé la protubérance qui se mouvait dans son sous-vêtement et je n'ai pas osé la toucher. Une sorte de peur s'est emparée de moi, la peur de ne pas être à la hauteur. Il aurait pu me pénétrer avec son sexe, et je me serais laissé faire sans même penser à Sandra, sans même penser à ma mère. Mais je ne pouvais plus bouger. On a passé le reste de la nuit ainsi, collés l'un contre l'autre. Le jour s'est levé, rose et pâle, derrière les ponts de la rivière Avon, puis on a replié la couverte. Les cygnes paraissaient beaucoup moins blancs dans la lumière du petit matin. Eddy m'a embrassée, mais il l'a fait par convenance, sans entrain. Je l'ai senti dans sa façon de terminer son baiser. Une hâte soudaine d'en finir, difficile à cerner, inexplicable, mais bien présente. Il est déçu.

Moi aussi, je suis bien déçue. Toute la journée je me sens lourde et les yeux d'Eddy ne cessent de me reprocher quelque chose. Pourquoi ne suis-je pas allée plus loin ? Pourquoi suis-je restée pantoise devant son sexe, pourquoi ai-je eu peur de le toucher, de l'effleurer ? Mon esprit s'emmêle et je reste ballottée entre le regret et le désir. Quoi faire avec un sexe d'homme sinon le convoiter ? Je n'arrive pas à dire un mot de tout cela à Eddy, mais j'ai l'impression d'avoir cassé une corde de sa guitare.

On se rend à la gare pour prendre le train avec les autres. Je vais faire ma toilette pour me rafraîchir et je m'aperçois que j'ai saigné un peu. Pourtant, je ne suis pas menstruée. Ça doit être ça, la cerise, comme les gars disent en riant d'une fille. «Elle a perdu sa cerise», la phrase me rebondit dans la tête. Pourtant, on n'a pas fait l'amour, pas complètement en tout cas. Tout ça m'inquiète. Un doigt peut-il remplacer un sexe ?

On arrête un peu à Toronto pour visiter la ville, Faire un tour de métro. J'ai peur dans les tunnels tout noirs et je cherche Eddy qui s'arrange pour ne pas être à côté de moi. Je le suis des yeux et je vois qu'il profite de la foule pour se coller à d'autres filles. Il parle avec enthousiasme, un peu trop fort, pour que j'entende sa bonne humeur. Puis on revient prendre le train comme des moutons. C'est ici que l'Est embrasse l'Ouest, que Moncton promet d'écrire à Vancouver, qu'on s'embrasse d'un océan à l'autre et que Dieu sauve la reine.

Après North Bay, le train prend la direction de Cochrane et Timmins. On est moins nombreux et on a le temps de tous se connaître. C'est la direction nord. Eddy sort sa guitare et entraîne les autres à chanter *Alouette* et *For He's a Jolly Good Fellow*. Puis il s'assoit près d'une autre fille et se met à rire aux éclats. J'ai l'impression que le vent tourne. Sherry, une *gorgeous* blonde qui a deviné mon angoisse, me dit en aparté :

— Eddy sortira jamais steady avec toi. Les juifs, ça se mêle pas aux autres en amour. Ils gardent ça pour eux, entre eux, comme les catholiques.

Il me semble que j'ai déjà entendu ça quelque part. C'est rare qu'une fille de mon âge pense ainsi. L'idée que ma mère pourrait avoir raison me bouleverse un instant. Mais je me ravise, le temps de me convaincre que tout cela n'a pas de sens. Le train s'arrête à North Bay. Les esprits se sont un peu calmés et Eddy s'est finalement assis près de moi, sur la banquette du restaurant de la gare, et m'offre gentiment de partager son coke et sa patate sauce. Je lui demande :

— T'es pas un vrai juif, toi, hein ?

— Qui ça ? Moi ?

— Oui, toi.

— Dans un sens, non, mais dans un sens, oui.

— Est-ce que c'est vrai que les juifs peuvent pas se marier avec les catholiques?

— Pourquoi tu me demandes ça?

— Pour rien, comme ça.

— C'est pas vrai, voyons, où tu vas chercher ça?

Je le crois sur parole parce que ça fait bien mon affaire. On remonte dans le train et le reste du voyage se passe à peu près dans le silence. On fait semblant de nous assoupir chacun sur nos banquettes et, sans qu'on ait eu le temps de nous en rendre compte, on arrive à la gare de Noranda. Le boy noir nous crie de sortir avec les autres.

Ma mère attend sur le quai. Elle est toujours là, elle ou mon père, quand je reviens de quelque part, pour me faire plaisir, mais quelquefois, j'aimerais bien être seule. Comme en ce moment. Sandra est là, toute là, bien mise dans une jupe *flare* à petits pois rouges. Je regarde Eddy qui me glisse imperturbable:

— O. K., là. On fait comme si on se connaissait pas. *All right*?

— Appelle-moi avant que je reparte pour Ottawa...

C'est tout ce que je trouve à lui dire. Il ne répond pas et descend en vitesse embrasser Sandra. J'attends qu'ils se soient engouffrés dans la Studebaker du frère d'Eddy, puis je sors du train. Ma mère me demande si j'ai fait un beau voyage, et je ne lui réponds pas. Dans l'auto, elle me dit que je dois être bien fatiguée. Je marmonne: «C'est ça, c'est ça», pour m'en débarrasser. En rentrant à la maison, je m'affale sur mon lit. Lulu me réveille au bout de vingt-quatre heures en disant que tout le monde croyait que j'étais morte. Bernard et Momo sont avec lui, inquiets. J'entends Coco rire de moi dans la cuisine en chantant: «Claude love Eddy, Eddy love Sandra, ha! ha! ha!» Puis il faut bien que je me lève et que je continue à vivre.

L'été s'achève comme il a commencé. Plate à mort.

Ottawa de nouveau. L'autobus de nouveau, la route des épinettes, la route au bout de la route. Pas de nouvelles d'Eddy. Ma mère m'écrit en post-scriptum que Sandra est enceinte de quatre mois. Elle aimerait garder son bébé, mais sa mère veut qu'elle le fasse adopter. Elle est partie à Montréal pour cacher son bébé, pour que personne ne le sache à Noranda. Tout le monde fait semblant de ne pas savoir, sa mère la première. Ça fait une petite explosion souterraine. Je me demande ce qu'en pense Eddy, il me semble plus lié encore à Sandra. Ma mère me dit au téléphone:

— Tu vois, ton beau juif, j'avais raison de m'en méfier. Y ont pas la même morale que nous autres, ce monde-là.

— Mais, maman, y a ben des Canadiens à qui ça arrive, pis y était pas tout seul. Sandra était là, elle aussi.

— C'est pas pareil. On discutera de ça un peu plus tard, c'est un longue distance, on va pas gaspiller du temps pour ça. Pis, as-tu eu des bonnes notes, manges-tu comme il faut?

Eddy, c'est fini. Le bébé de Sandra, c'est son bébé aussi. Il faudra bien que je me trouve un autre amoureux. C'est une entreprise loin d'être facile dans mon couvent clôturé de pierres grises. La moindre sortie ici est clandestine et soupesée avec minutie. Trouver un amoureux dans les parages, c'est comme trouver de la petite monnaie dans une poche trouée.

Tout est fermé le dimanche à Ottawa, comme partout ailleurs en Ontario, et c'est pourquoi on a des heures de sortie beaucoup plus longues ce jour-là. Pour se distraire, on a mis sur pied un ciné-club. Dimanche dernier, les filles ont reçu les garçons du collège Saint-Alexis pour la projection de *Douze Hommes en colère*. C'est moi qui animais la discussion après le film. Dans tout ciné-club digne de ce nom, le film est suivi d'une discussion. Les sœurs avaient préparé des sandwiches rose et vert roulés au fromage Philadelphia dans le but de montrer aux filles comment se comporter dans le grand monde. Un blond frisé dur a surmonté sa timidité pour me féliciter d'avoir animé la discussion avec autant d'aplomb. «Mon nom, c'est Pierre-Paul.» Entre deux sandwiches, il m'a jeté un regard insistant et j'ai vite compris que, si je lui demandais de me rappeler, il me rappellerait. Je lui ai donc demandé de me fournir de la documentation pour le film de dimanche prochain, *Marty*.

Je me mets à rêver tout haut dans ma chambre toute blanche et tout animée de désordre, car cette année je ne suis plus au dortoir des cent lits. J'ai droit à une petite chambre avec toilette. Je la partage avec Annie et on trouve que c'est du grand luxe. La nuit, Doris vient et on fume en parlant tout bas de nos chums. Annie parle de son beau Marc, Doris ne jure que par Louis, son militaire, et moi, je parle d'Eddy. Il est cependant impossible de vérifier tous nos dires puisqu'on n'a jamais l'occasion de voir les amis de nos amies. Ce soir, un peu avant l'étude, alors que je dansais une polka avec Annie dans la salle de récréation, Doris m'a crié qu'un garçon voulait me parler au téléphone. Le silence s'est dressé autour de moi pendant que je me dirigeais vers la cabine qui sentait la sueur et le rouge à lèvres. Les filles se sont arrêtées net de jouer à la canasta. Je suis sortie radieuse de la cabine téléphonique : je suis invitée en chair et en os au cinéma, avec le grand blond frisé, samedi prochain.

Même s'il a l'air d'un ange, Pierre-Paul m'a proposé d'aller voir *La Dolce Vita* de Fellini, un film controversé et décrié autant dans *Le Droit* qu'en chaire par l'aumônier. Je n'ai même pas averti la surveillante que j'allais voir un film. J'ai plutôt dit que je devais accompagner un cousin de Noranda qui était de passage à Ottawa. Tranquillement, j'apprends à mieux mentir, à moins rougir. C'est la seule façon de survivre ici. Si on dit la vérité, on se fait avoir à l'os. C'est ce qu'on se dit entre nous. Dans le fond, le pire qui pourrait nous arriver serait de nous faire expulser. Toutes les filles ont peur de se faire renvoyer, moi la première.

Je me suis préparée sérieusement à ma sortie, empruntant en cachette ici et là une jupe, des souliers à talons hauts, un soutien-gorge pigeonnant et du rouge à lèvres rose malade pâle à la Brigitte Bardot. J'attends samedi et, le soir, je rêve qu'on m'appelle au parloir quand je m'endors sur le sourire du grand Pierre-Paul au milieu des fougères croulantes. La porte s'ouvre devant un nuage de confettis et je suis prête à le suivre.

C'est samedi enfin, et tout se passe exactement comme dans mon rêve, sauf pour les confettis et la porte que la surveillante vient ouvrir avec son trousseau de clés. On décide de marcher rue Rideau. Il me prend la main d'une manière brusque et excessive. Il ne dit pas un mot. Je dis n'importe quoi. Son haleine a une odeur de tabac à pipe et de Certs. J'ai un peu peur. Il insiste pour payer mon entrée au cinéma, et la confiance revient tout à fait quand Anita Ekberg et Marcello Mastroianni se baignent dans la fontaine de Trevi au petit matin. Pierre-Paul suce nerveusement ses Certs et, tout en restant de glace, il serre ma main avec force. Il me fait même un peu mal au moment où les gros seins d'Anita Ekberg se baladent sur l'écran.

Après le film, on décide d'aller voir les tulipes de la reine Juliana, sur le bord du canal Rideau. Il me prend d'abord par la taille, puis il met méthodiquement sa main sur mon épaule. On passe en face du Parlement, près de la gare, et il s'anime un peu en parlant de Marcel Chaput et de l'indépendance du Québec. Je suis agacée. C'est la première fois que j'en entends parler ailleurs que dans les journaux. Je n'ai jamais pensé à l'exploitation des Français par les Anglais. Je ne me suis même jamais demandé quelle langue je parlais au juste. Quand mon père déblatère contre ses patrons, il n'insiste jamais sur le fait qu'ils sont des Anglais. Quant à moi, les Anglais, je les aime assez, surtout les beaux juifs de six pieds, genre Eddy; j'aurais aimé naître anglaise et juive pour devenir riche et belle. Dans mon enfance d'Abitibi, sous le ciel méditerranéen de l'hiver, j'ai souvent patiné avec des amies anglaises. Comment ces filles-là peuvent-elles devenir subitement si méchantes? Pierre-Paul prononce «les Anglais» comme un chien gruge son os. C'est la première fois que la politique m'atteint et je vois tout à coup un fossé se creuser entre mes amies et mon peuple. J'ai une langue et un peuple, je viens de m'en rendre compte pour vrai. Ça me tombe dessus comme un fardeau. Ma mère trouve que ce serait plus facile si tout le monde était catholique et parlait français par-dessus le marché.

Je pense encore à Eddy, à ses mains, à son sourire et

à sa voix. Je le compare à Pierre-Paul et je trouve que celui-ci ne fait pas le poids. Il parle de politique, mais il le fait de façon mesquine et autoritaire. Eddy ne parle jamais de politique, mais il est ratoureux comme un politicien.

On marche sur le bord du canal, et le grand blond frisé délaisse ses arguments nationalistes. On s'assoit dans l'herbe saturée de vapeur d'eau froide chauffée par le soleil de mai. Près d'un pâté de tulipes flamboyantes, Pierre-Paul parle de son avenir en physique nucléaire. J'essaie de placer un mot ou deux, non pas pour le contredire, mais pour émettre des doutes, et je n'y arrive pas. Je me contente de hocher la tête et de sourire en me demandant s'il va se décider à m'embrasser. Puis je bâille, et il commence à me caresser les genoux tout en remontant ma jupe d'un cran toutes les trois minutes.

À la fin il m'applique un gros French kiss. C'est tout ce que je désirais, l'embrasser. Ce qu'il pense de la politique et des sciences m'importe peu au fond. Après cinq minutes, il extrait sa langue de ma bouche et l'odeur du tabac à pipe mêlée au goût de Certs me donne un peu mal au cœur. Tout à coup, sans prévenir, il me propose de me reconduire au pensionnat. On revient en silence, et je fais déjà l'hypothèse qu'au prochain rendez-vous, les étapes seront franchies plus vite. Dans l'escalier, ses yeux de poisson s'animent tout à coup. Il parle comme s'il s'adressait à une foule. Il dit très fort que le Québec devrait se séparer du Canada, que le Québec devrait être indépendant. Il ajoute : « Un jour, quand les Anglais seront plus là, on sera tous riches. » Je trouve qu'il est fou, mais je n'ose rien dire parce que je n'ai pas encore assez réfléchi à la question.

C'est vrai que les patrons de la mine Noranda sont des Anglais et qu'ils ont les plus grosses maisons de la rue Trémoy. Je n'avais pas fait le rapprochement. C'est loin d'être clair, tout ça. Il faudra que j'y repense sérieusement.

Quand il finit de parler, il m'embrasse avec véhémence, et sans même me laisser le temps de lui poser une seule question, il repart en vitesse. Je me sens bouleversée. C'est comme si la guerre était ici, pour vrai, pas seulement en Europe ou dans les livres d'histoire.

Je suis seule dans ma chambre le reste de la soirée. Annie est partie chez ses parents à Maniwaki. Je me suis acheté un gros sac de chips et six bouteilles de coke. Je raconte mon aventure avec Pierre-Paul dans mon petit calepin noir. Puis je continue de lire *La Peste* jusque très tard dans la nuit. Je sais que je ne dois pas manger ni boire après minuit si je veux communier demain matin, dimanche, mais je continue de manger mes chips et de boire mon coke. Un péché véniel de plus ou de moins, ça ne changera pas grand-chose. J'irai à confesse juste avant la messe et je raconterai tout à l'aumônier : *La Dolce Vita*, les gros seins d'Anita Ekberg, le French kiss près des tulipes, le coke et les chips après minuit, *La Peste*, et il sera tenu au secret. C'est bien pratique, la confesse : on peut tout faire et tout effacer à mesure. N'empêche que le remords me ronge de temps en temps.

L'aumônier est un spécialiste des péchés de volupté. En chaire, ce matin, il commence à distinguer de façon très raffinée les péchés mortels des péchés véniels, et même si je suis de plus en plus incrédule, je me surprends à mesurer les peines encourues soit par un French kiss, soit par un effleurement des lèvres. C'est une vraie comptabilité. Une fois que l'aumônier m'a mise sur la piste, je peux, pendant le reste de la messe, calculer le prix de toutes ces offenses luxurieuses en les passant en revue les unes après les autres.

De nouveau les examens, de nouveau le mois de juin. Je dois retourner à Noranda pour l'été. Chaque fois que je prends l'autobus pour revenir chez moi, je suis partagée entre la joie de retrouver les miens et la tristesse de perdre une certaine indépendance. Comme si je les aimais de loin seulement. J'ai besoin de voir mes frères quelques heures ou quelques jours, c'est tout. Mais où aller le reste de l'été, sans argent, sans travail? Au couvent, je suis un peu en prison, mais dans une prison de silence. Je peux y être seule et tranquille. Pas de mère à mes trousses pour me demander de faire le ménage, pas de père qui fronce les sourcils, pas de frères qui passent leur temps à se moquer de moi. Peu à peu, je perds l'habitude de la vie de famille et j'en arrive même à aimer ma petite vie plate de pensionnaire.

En arrivant, Coco m'annonce la grande nouvelle: André et Danielle ont cassé. Ça me donne un coup. Je les pensais agglutinés pour la vie, ces deux-là. Il paraît qu'André en avait assez de Danielle. Mais Danielle me dit au téléphone que c'est elle qui en avait assez d'André, qu'il la trichait. Entre-temps, Coco se tient avec André, ce qui réjouit ma mère.

— Peut-être qu'André va lui montrer les bonnes manières, me dit-elle en l'absence de Coco. C'est tellement un bon garçon, cet André-là. Y m'a dit qu'y viendrait nous voir au chalet cet été.

— Ah bon!

Ma mère veut passer l'été au chalet avec les deux plus jeunes, Lulu et Momo. Elle a décidé qu'il fallait que je l'aide encore cette année. Notre chalet est au bout d'un long chemin de gravier qui donne mal au cœur et qui arrache les silencieux des voitures. Tout est bien organisé. L'eau, le chauffage, les canots. Je n'aurai qu'à m'occuper de Momo au fond, qu'à le surveiller pour ne pas qu'il se noie ou se perde dans le bois. Lulu m'aidera. Je m'entends vraiment bien avec lui, c'est presque mon seul ami à Noranda maintenant que je suis partie dix mois sur douze.

Ça fait drôle. Je ne suis plus d'ici ni d'ailleurs. Je ne rencontre plus grand monde que je connais quand je me promène dans la rue Principale après souper. Danielle Dusseault se cherche un nouveau chum et, comme elle sait qu'André se tient chez nous, elle ne me parle pas très longtemps. Yvonne Théroux me salue à peine et le collège Bellevue a comme effet de lui retrousser davantage son nez retroussé. Elle s'agrippe à Élie Bucovetsky comme la misère sur le pauvre monde. Coco me dit qu'Élie lui joue dans le dos en masse quand elle est partie le reste de l'année. Nicole Gauthier a disparu de la carte. On chuchote qu'elle a eu un bébé elle aussi, tout comme Sandra.

Je passe parfois au Radio Grill, mais ce n'est plus du tout ce que c'était. La gang s'est déplacée, paraît-il, dans d'autres sous-sols d'hôtels, au Moulin rouge et au Maroon Lounge. On dit «au Moulin p'au Maroon» comme s'il s'agissait de jumeaux. Mais je n'aime pas les vrais bars et surtout, je n'entrerais jamais toute seule là-dedans. J'irais bien avec Lulu, mais il est encore trop jeune et il est hors de question que j'y aille avec les deux plus vieux.

D'ailleurs, Coco et Bernard sont partis travailler dans le bois avec mon père. Ainsi, il ne reste personne à la maison pendant tout l'été, personne qui ne laisse les portes ouvertes et les lumières allumées, personne qui ne couche dans tous les lits en même temps, surtout à deux, en mêlant les garçons et les filles. Ma mère rappelle toujours le cas Sandra, qui a fait boule de neige:

— J'ai l'impression que cette histoire-là s'est passée pendant que monsieur et madame Dubreuil étaient à leur chalet. J'voudrais pas que ça t'arrive; te vois-tu avec un p'tit? Tu pourrais même pas finir tes études, pis qu'est-ce que mes sœurs diraient? Y paraît que son juif s'occupe pas du p'tit, même si c'est lui, le père. Tout le monde sait ça.

Je me résigne donc à passer un triste été sur le bord du plus beau lac de la terre, comme dit mon père, à rager contre les mouches à chevreuil, la rosée du matin et le manque d'électricité. Je suis là avec ma mère et mes deux jeunes frères. En vacances, elle en profite pour sortir son répertoire de phrases célèbres: «À chaque jour suffit sa peine», «On vous aime tous pareil», «La mère des gars est pas morte». Elle dit ça pour me consoler parce qu'elle sent que je ne suis pas dans mon assiette. J'aimerais bien lui parler d'Eddy, du Eddy que je connais, pas celui des racontars. J'aimerais lui parler de Pierre-Paul aussi, mais j'ai la certitude absolue que ma mère ne connaît rien à l'amour. Je veux dire à l'amour qui brûle le cœur et qui nous coupe en deux. La love. Les péchés de l'amour. Je suis incapable d'associer cette sorte d'amour aux tartes aux pommes qu'elle nous fait, aux vêtements qu'elle coud ou qu'elle raccommode, aux discussions qu'elle a avec mon père au sujet de mes frères. J'ai du mal à m'imaginer qu'elle a eu ses enfants autrement que par l'opération du Saint-Esprit. Quand je la regarde, je crois toujours à l'opération du Saint-Esprit, comme avec Ronnie Turner derrière les traques. J'en suis restée là avec elle. Je ne la vois même pas donnant un baiser un peu long, surtout pas faisant du necking. Enfin, ce n'est pas grave. Je l'aime bien, même quand elle sort ses quatre vérités de La Palice.

Après souper, je lave la vaisselle. Ensuite, j'assois Momo sur l'évier de la cuisine et je le lave en lui racontant des histoires. C'est la seule chose qui fait rire Momo, les histoires. Le reste du temps, il est sérieux. Bien plus que Coco. Trop pour son âge, mais ma mère dit que ça la repose des plus vieux. Quand Momo est bien propre, en pyjama, on sort sur la galerie regarder le soleil qui n'en finit plus de se coucher. Rose, vert, mauve. Ce qui est vraiment beau sur ce lac, c'est le soleil qui flambe au-dessus d'une bande d'épinettes bien noires et bien tassées. Le chalet dans l'ensemble, c'est plate à mort, mais à bien y penser, rien ne vaut la douceur de l'eau quand on se baigne l'après-midi. Un petite écume se forme à la surface quand on nage. Je plonge et je plonge comme un canard huppé, je vois jusqu'au fond et je cueille des huîtres d'eau douce. L'eau est jaune et claire comme la lumière du soleil qui nous chauffe la peau. Je pense que la seule place où je voudrais passer mon éternité, c'est dans les joncs de ce lac moelleux, à flâner avec les brochets, à deviner les couleurs du coucher de soleil, à entendre les huards la nuit, à me faire bercer par les moutons de la vague. L'hiver, je serais bien à l'abri sous des tonnes de glace et les dorés viendraient me rendre visite. Ah oui, ce serait le meilleur paradis de la terre. Ah oui! c'est quand même moins plate que tout le reste, il faut bien l'avouer.

Au moment où ma mère dit: «Claude, va donc coucher Momo, y est assez tard», un bruit de moteur attire notre attention. On hésite quelques instants entre un moteur d'auto, un moteur de bateau et un moteur d'hydravion. Finalement, une auto surgit, une grosse Chrysler de l'année qui déploie ses ailes entre les sapins. On finit pas distinguer André au volant de l'auto de sa mère, accompagné de nul autre que mon frère Coco. Lucien court les accueillir: «C'est Coco, c'est Coco.»

J'aurais pu me passer de ces moineaux-là, mais je suis quand même contente d'avoir de la visite. André extrait du coffre à bagages tout ce qu'il a apporté: une tente, un tourne-disque et un radio à batteries, du coke, des chips. Il offre une boîte de Laura Secord à ma mère, qui n'arrête pas de glousser en me regardant de travers.

— T'es ben fin, mon André. Une chance que vous avez apporté une tente parce qu'il y aurait pas eu assez de place dans le chalet. C'est ben fin d'être venu. Dis-moi donc, Coco, où est-ce qu'y est passé, Bernard?

— Y est resté avec papa dans le bois.

— Une chance, j'aurais pas voulu qu'y reste tout seul en ville.

Les deux gars ont faim et ma mère s'empresse de leur faire réchauffer des spaghettis. Elle leur donne ensuite un morceau de tarte au sucre qu'ils dévorent et, quand ils sont gavés, ils sortent pour monter leur tente. Je ne peux les accompagner parce que c'est l'heure de coucher Momo, de lui conter une dernière histoire et de l'endormir. Ma mère me demande de faire leur vaisselle. Lucien reste avec moi pour m'aider parce que Coco l'a reviré en disant:

— Va-t'en, p'tite femelle. On n'a pas besoin de toi.

Lucien rage et, s'il était plus gros, je crois bien qu'il le battrait. On dirait que Coco s'arrange toujours pour faire de la peine à quelqu'un. C'est plus fort que lui. Ma mère ne s'en rend pas compte, elle répète qu'elle nous aime tous de la même façon. Lulu et moi, on pense qu'elle préfère Coco parce que c'est le plus vieux et le plus tannant. Elle lui pardonne toutes ses frasques.

C'est vrai que ma mère ne se plaint jamais et que, pour elle, tout va toujours bien. Elle ne supporte pas qu'on dise que ça va mal. Par exemple, s'il se met à pleuvoir, elle dit tout de suite qu'il va faire beau. Elle ne parle jamais de la mort et personne n'a le droit d'en parler. Seule la maladie scande sa vie, la vraie maladie, les opérations, la polio, les césariennes. C'est sa façon à elle de combattre la mort.

Coco et André rentrent finalement après s'être baignés longtemps. Ils sont tout grelottants, et ma mère allume le poêle à bois pour les réchauffer. C'est un grand poêle blanc avec un réservoir d'eau chaude. Ma mère a une grande expérience des feux de bois. Dès qu'elle jette l'allumette après avoir disposé les journaux, les éclats et les morceaux de bouleau, le poêle se met à chauffer, à gronder, à craquer et son odeur nous atteint jusqu'à la moelle des os. Jusque tard dans la nuit, on joue au cribbage en buvant du coke dans la lumière jaune et vacillante du fanal à gaz, qu'André appelle une lanterne.

Vient le moment de se coucher, et André me regarde droit dans les yeux en disant :

— Claude, tu devrais m'appeler un de ces jours pour qu'on aille ensemble au cinéma.

— J'sais pas.

Je m'en sors ainsi, mais je sais que je ne l'appellerai jamais. Parce que premièrement je ne le trouve pas trop trop de mon goût et que deuxièmement j'ai décidé de ne plus jamais appeler les garçons.

André me demande d'aller faire une promenade avec lui dans le bois cet après-midi. J'hésite avant d'accepter. Il arrive mal à faire comprendre à mon frère qu'il veut être seul avec moi, et je finis par céder pour faire enrager Coco. Entre nous, c'est toujours l'état de guerre et toutes les occasions sont bonnes pour faire des étincelles. Avec Coco, on ne peut jamais être calme et de bonne foi. On doit choisir ses mots et se demander ce qu'il a derrière la tête quand il dit les choses les plus banales. Être sur le qui-vive m'énerve. J'aimerais pouvoir lui parler comme à tout le monde et non pas comme à mon frère-qui-cherche-la-bagarre-pour-se-montrer-le-plus-fort-et-le-plus-fin.

On ne sait pas trop quoi se dire, André et moi. Le soleil chauffe le gravier et ravive l'odeur des framboises qui bordent le sentier. Des gros taons se gavent de sucre et on les voit vriller dans l'air sec. On ramasse un peu de framboises qui s'écrasent entre nos doigts tant elles sont mûres. Soudain, à brûle-pourpoint, je lui demande :

— Veux-tu venir avec moi voir la dam de castors ?

— Le *barrage*, tu veux dire, répond-il avec un aplomb qui me fait rougir.

— Mais nous autres, on appelle ça une *dam*, même que ça fait bien rire Momo. Y est jamais allé pis y pense que c'est une vraie dame castor, avec un chapeau et des souliers à talons hauts, qui élève ses bébés castors et tout et tout.

En riant, André me prend doucement par la taille pour me faire passer devant lui dans la petite trail qui longe le ruisseau écumant et noir. Il n'y a plus de framboises, à cause de l'ombre. On écrase des fougères en marchant. Arrivés près du barrage, nous nous assoyons dans l'humus fumant et il se met à me frencher. Je ne veux pas qu'il fasse de bruit pour que personne ne se rende compte de quoi que ce soit, surtout pas Coco, qui pourrait être caché derrière un bouleau, on ne sait jamais. André me renverse dans les fougères et, quand j'entrouve les yeux, je vois le cristal bleu du ciel, avec des nuages de coton qui passent à grande vitesse. C'est la première fois qu'un garçon m'embrasse sans que je ressente autre chose que de l'ennui. Pourtant, la terre est odorante et humide.

Je réussis à me défaire de son étreinte et il me demande :

— Mais, Claude, qu'est-ce qui te prend ?

— Ce qui me prend, c'est que je trouve que t'es vite en affaire, mon André.

Les baisers gras d'André me font lever le cœur, tout comme son empressement et sa politesse à tout casser. Quand il me serre contre lui, je vois ses pores dilatés dans son visage huileux. Des points noirs ici et là. Des taches de rousseur. Finalement, je retourne au chalet. On entend les taons qui butinent dans les framboises. On n'a plus le goût d'en cueillir. André a le caquet bas. Je ne dis rien. Ah, et puis, qu'il aille au diable ! Après tout, je ne vais tout de même pas me contenter des restes de Danielle Dusseault.

Coco veut repartir à Noranda, mais ma mère ne veut pas qu'il soit seul à la maison. Devant son insistance, ma mère explique qu'André nous ramène tous. Je m'assois de mauvaise grâce sur la banquette avant, juste à côté de lui, et je prends Momo sur moi, pour être sûre qu'en changeant de vitesse André ne soit pas tenté de me frôler les genoux.

Ma mère est très contente de revenir en ville parce qu'au fond elle déteste la vie de chalet. Pas d'eau chaude, pas de télévision, et surtout pas de téléphone pour appeler ses sœurs pendant des heures. Aussi, elle a peur des orages du mois d'août. Et moi, je ne suis pas fâchée d'aller faire un tour au Radio Grill, question de couper l'été en deux. Il fait très chaud et Momo vomit deux fois dans l'auto. Je m'excuse chaque fois, comme si c'était ma faute, et j'essuie tout pendant que les autres font semblant de dormir. André me regarde avec des yeux d'épagneul. Moi, je fixe le coucher de soleil qui occupe tout le ciel devant nous, chargé d'orange, de rose et d'or.

Quand on arrive à Noranda, la maison est tout ouverte, tout allumée : mon père est là, avec mon oncle Edmond, le frère de ma mère. C'est étrange, ils picotent tous les deux dans une assiette de binnes en canne. Tout traîne dans la maison. Ils ont l'air abattu et ils nous dévisagent. Mon père a les sourcils froncés et ne dit pas un mot. On dirait qu'il a envie de pleurer, tout comme mon oncle Edmond.

— Comment ça se fait que t'es déjà revenu ? dit ma mère.

— On s'en allait vous voir au chalet. Y est arrivé quelque chose, Honey, quelque chose...

— Où c'est qui est Bernard ?

— Bernard s'est blessé tout à l'heure.

— C'est grave ?

— Pas mal grave.

— Ben parle, dis quelque chose, qu'est-c
arrivé, où il est?

— C'est correct astheure, le docteur a dit
pus en danger. Y a un arbre qui est tombé sur lu
ture du crâne.

Ma mère se met à crier. Son cri nous perce l
pans et entre dans tous nos pores. On reste
mon père pleure, je suis atterrée. Ma mère ne
pas, elle crie. Puis elle arrête de crier et elle comm
à ramasser la vaisselle. Un silence gros comme un
dozer passe dans la cuisine. André casse la glace e
une niaiserie comme: «Bernard a peut-être pas été
sez prudent.» Mon père devient tout rouge et lui
une face de beu. André dit bonjour en promettant
me rappeler. C'est ça, André, fais de l'air.

Une fois André parti, ma mère s'affaisse sur un
chaise du salon et se met à pleurer en silence. Je n'avai
jamais vu ma mère pleurer. Mon père pleure parfois,
surtout de joie, quand il est ému par un cadeau, un mot
tendre, un poème. Il a pleuré quand son père est mort.
Il était inconsolable. Je pleure de voir ma mère pleurer
en silence. On l'entend à peine se moucher. Ça dure
une éternité. Puis elle arrête net:

— Où est-ce qu'y est?

— À l'hôpital Youville.

— À quelle heure que c'est arrivé, où c'est arrivé,
comment c'est arrivé? Y était-tu avec toi? Qu'est-ce
qu'y est arrivé?

— C'est arrivé au bout du lac Opasatika, t'sais, le lac
Long, la baie d'Orignal. L'autre bord, complètement.
Y revenait du bois, y voulait se baigner, y était ben
pressé. Edmond pis moi on a vu l'arbre tomber sur
lui avant qu'on ait eu le temps d'y crier d'arrêter. On

nsait qu'y était mort. On a couru vers lui, pis le
ûcheron aussi. Y était sans connaissance, mais y respi-
it. Ça fait qu'Edmond est allé téléphoner à l'ambu-
nce pendant que le bûcheron pis moi on dégageait
Bernard. Une demi-heure plus tard, l'ambulance est
arrivée pis y l'ont transporté tout de suite à l'hôpital.
Y a été chanceux dans sa malchance, m'as te dire ben
franchement, Honey. Y aurait pu mourir dret là.

— Pourquoi t'es pas venu nous chercher? dit ma
mère en dévisageant mon père.

— Ça fait pas longtemps que c'est arrivé. Hein, Edmond? J'm'en allais vous le dire au chalet. Une chance
que vous êtes arrivés.

— Pourquoi t'es pas venu directement?

— J'voulais reprendre mes esprits avant. J'voulais
pas t'annoncer ça. J'aurais dû l'empêcher d'aller se
braquer juste en dessous de l'arbre, j'aurais dû l'empêcher... J'comprends pas, le gars a pourtant crié «Tim-
ber!», ben fort. J'comprends pas.

Ma mère est partie avec mon père à l'hôpital. Je reste
avec Lulu et Momo qui ne comprennent pas tout à fait
ce qui se passe. Coco, pour une fois, ne dit rien. Il s'enferme dans sa chambre.

Les heures passent. La nuit. Le téléphone sonne sans
arrêt. La nouvelle s'est répandue dans la parenté qui
appelle de Montréal, de Notre-Dame-du-Nord. On
reste là, assis, sans bouger. On répond au téléphone à
tour de rôle et, chaque fois, on dit qu'on ne sait rien et
on raccroche. On n'a rien à dire, on n'ose pas appeler à
l'hôpital pour avoir des nouvelles. On dirait que nos
parents nous ont oubliés.

Finalement, ils reviennent. Bernard a repris connais-

sance, mais on ne sait pas s'il sera paralysé. On ira le voir demain.

Des tonnes de gens inconnus essaient de nous encourager : des oncles, des tantes, des cousins venus de loin pour nous consoler. Mon père n'arrive pas à dire un mot. Je me couche et je pense à Bernard au moment où l'arbre est tombé sur lui. Je me rends compte que je l'ai à peine connu. Je l'entends encore jouer de la guitare dans le salon avec sa gang. Il est comme un étranger pour moi. C'est mon frère, mais ce pourrait être un pensionnaire. Il ne me dit jamais ce qu'il fait, mais il discute de tout et de rien. Il a plein de blondes, c'est tout ce que je sais de lui, parce qu'elles appellent tout le temps. J'avais même reçu ordre de ne pas répondre parce que Bernard avait trop peur que je me trompe dans les noms. C'est vrai, je ne le connais pas, Bernard, il est toujours dans l'ombre de Coco.

On dirait que l'accident de Bernard a changé un peu notre vie. On ne pense qu'à Bernard, on ne parle que de lui. Il est devenu important tout à coup, comme s'il avait fallu que la mort le frôle de très près pour qu'on se rende compte de son existence. Mon père va le voir tous les jours à l'hôpital et ne se fâche presque plus, ne récite plus de poèmes. Coco ne me taquine plus. Lulu ne joue presque plus de piano et Momo reste dans son coin. Ma mère ne fredonne plus *Un Canadien errant* en faisant des gâteaux.

Petit à petit, la vie reprend son cours, à mesure que Bernard revient à la vie. Toutes nos peurs ont été vaines : il n'y aura pas de séquelles, sauf quelques cicatrices. Mais pas de paralysie. Ma mère dit que c'est l'essentiel, qu'il n'y a rien de plus précieux que la santé. Je me demande si elle ne regrette pas un peu de sortir de la zone du grand malheur. Ses sœurs l'appellent de moins en moins, et le jour où Bernard sort enfin de l'hôpital, tout le monde revient à ses occupations. Mon père repart travailler dans le bois avec Coco. Ma mère reste à la maison pour soigner Bernard qui est en convalescence un bon mois, et je continue de m'occuper de Momo.

Je pense toujours à Eddy. Je ne sais pas s'il est au courant de l'accident de Bernard. C'était son ami, Bernard. Peut-être que je le verrai au Radio Grill à un moment donné. Il n'est pas venu à l'hôpital, c'est André qui était là, à côté de moi, comme une tache. Il se prenait pour mon chum steady et j'étais vraiment trop préoccupée pour réagir. Je n'arrive vraiment pas à le trouver de mon goût même si tout le monde dit qu'il est correct, à commencer par mon frère Coco. Il m'appelle souvent, et je ne peux m'empêcher de le trouver petit, baveux, pincé. Je le compare à Eddy, c'est plus fort que moi. Ma mère adore André parce qu'il est poli et qu'il lui apporte toujours un petit cadeau quand il vient chez nous. Une fleur, des chocolats, du fudge que sa mère a fait. Il s'offre pour aider à la vaisselle. Son père est un grand comptable de Noranda que ma mère a connu avant de se marier. Il a épousé une femme de Montréal, très instruite, qui reste à la maison et qui fait du bénévolat. Ils ont tout pour être heureux, sans compter leur grosse maison sur les bords du lac Osisko.

À force d'insister, André finit par me convaincre d'aller au cinéma avec lui. Il sonne à la porte, et c'est ma mère qui lui ouvre. Elle y tient. Elle l'invite à s'asseoir dans le sofa usé. J'ai honte. Le salon est une jungle. Pour arriver à s'asseoir, André doit enjamber les guitares de mes frères, contourner le kiddy car de Momo, dégager les journaux. André fait semblant de ne rien voir et place délicatement les journaux sur ses genoux. Ma mère lui fait la conversation et le vouvoie gravement en lui offrant du sucre à la crème.

André n'aime que la musique classique et la musique militaire. Il ne manque pas de demander à ma mère de jouer du piano, ce qu'elle fait de bonne grâce. Elle sort ses feuilles du banc de piano et se met à jouer avec frénésie. Elle joue *Polichinelle* de Rachmaninov. André, en mélomane averti, se concentre pendant que ma mère s'envole en Russie sur ses touches d'ivoire véritable. Après les derniers trilles, André applaudit. Personne n'a jamais pensé d'applaudir ma mère auparavant.

Il me demande de jouer à mon tour, mais je refuse. Oh! je pourrais me débrouiller pour jouer sans me tromper la petite *Gertrude's Dream Waltz* de Beethoven, mais on va être en retard au cinéma. André devine que c'est un prétexte et il n'insiste pas. J'ai quand même mis ma belle robe blanche avec une encolure bateau bordée de guipure.

On va voir *Exodus* au Paramount. André paie mon entrée, et ça lui donne le droit de mettre son bras autour de mon cou pendant tout le film. Je suis fascinée par le beau Paul Newman : il a les mêmes yeux qu'Eddy. Je me prends pour Eva Marie Saint, en moins platine. J'imagine que, comme elle, j'ose embrasser mon beau juif à l'orée de la Terre promise. Je décortique son nom à saveur angélique : Ève, Marie, sainte. Ils s'aiment, mais ils doivent se séparer à cause de leurs différences. Puis ils se retrouvent dans la mort qui rôde, mais c'est

Eva Marie Saint qui embrasse sa cause. Faut-il embrasser la cause de l'autre pour arriver à s'entendre? Plus le film avance, plus André promène sa main un peu partout. Je suis trop absorbée dans ma réflexion pour réagir. Je pense à Eddy, comme je l'aime, tel qu'il est! M'aime-t-il telle que je suis? Lequel de nous deux se serait converti? Lui au catholicisme? Moi au judaïsme? Pourtant, on ne croit pas à la religion ni l'un ni l'autre. Il m'a raconté un jour que sa mère s'était convertie au judaïsme pour épouser son père. Qu'autrement ils n'auraient pas pu se marier. À la fin, je fais un mouvement de recul quand André me frôle un sein. Je sors pour aller aux toilettes et en revenant je regarde la fin du film derrière la salle. Les Palestiniens ont l'air des méchants, ils portent des robes sombres. Ils martyrisent les juifs. On ne voit pas les juifs torturer les Palestiniens. André me fait signe de regagner ma place. Je reviens près de lui à la fin, quand Paul Newman exhorte les Arabes à vivre en harmonie avec les juifs sur la terre qu'ils viennent de leur prendre. Je ne comprends pas. Je trouve qu'André sent la transpiration et j'ai hâte de sortir du cinéma.

En revenant, André parle de l'interprétation de Paul Newman et des paysages de l'histoire sainte. Lui, ce qui l'a étonné, c'est de voir des juifs habillés à la moderne en shorts de gymnastique se promener dans Jérusalem. Habituellement, on voit plutôt des personnages comme Moïse ou Ben Hur se promener dans les ruines de l'Ancien Testament. Je n'ai rien dit, j'étais encore dans mon personnage d'Eva Marie Saint et je me demandais comment elle pouvait faire pour se promener toujours bien coiffée en page boy avec sa jupe, son chemisier bien repassé et ses talons hauts dans les champs d'oliviers.

André voulait que je discute avec lui de la position des Nations unies dans le conflit entre les juifs et les Arabes, mais j'ai dit que je ne comprenais rien à la politique. Il m'a regardée avec son air supérieur et j'ai senti que tout était trop complexe pour commencer à parler de cette histoire. Tant pis si je passe pour une ignorante.

André est fier de ses connaissances, et il tient ma main avec assurance en marchant. Sa main est tellement moite que je dois la retenir pour ne pas qu'elle glisse. Il pense que je lui fais des avances et il m'embrasse si fort qu'on dirait qu'il veut m'aspirer l'âme. En arrivant à la maison, on se colle près de la maison dans un coin noir pour se mettre à l'abri de mes frères. Il insiste pour m'embrasser et je recule. En me débattant, je m'égratigne le coude sur le papier-brique. Ça saigne un peu.

— Ayoye, tu me fais mal!

Il reste là, figé, les bras ballants, et je rentre en vitesse dans la maison.

— J'veux plus le revoir, celui-là, vraiment plus.

— Ben voyons donc, Claude, qu'est-ce qui te prend? dit ma mère.

— J'sais pas pourquoi, mais y me tombe sur les nerfs.

— Pourtant c'est un chic type. C'est vraiment un chic type.

— Regarde c'qui m'a fait au coude, ton chic type.

— C'est pas vrai... dit ma mère, consternée, viens que j'te désinfecte ça avec du peroxyde. Dis pas ça à ton père.

Aujourd'hui, le directeur du personnel de l'hôtel Noranda m'a appelée pour me demander si je voulais toujours travailler comme waitress. Je voulais accepter l'emploi, mais après des heures de discussion avec ma mère, j'ai dû changer d'avis. De son côté, elle a décidé qu'elle allait passer la fin de l'été au chalet avec Lulu, Momo et ma tante Alphonsine. Elle dit de sa voix autoritaire :

— Tu vas rester ici, toi Claude, pour t'occuper de Bernard. T'auras rien qu'à lui faire ses repas pis son lavage. Y commence à marcher, y a presque plus besoin qu'on l'aide.

Je reste seule avec Bernard. Depuis qu'il a eu son accident, il parle davantage. Je le trouve même gentil par moments. Quand il n'est pas avec Coco, il ne fait pas de mauvaises blagues pour me faire enrager. Ce que j'aime de Bernard, c'est qu'il me laisse la paix pour lire, écrire dans mes petits calepins noirs. Je ne sors pas beaucoup, mais parfois je vais prendre une bière au Moulin rouge avec Bernard. Je découvre qu'il a tout un réseau d'amis qui rigolent beaucoup avec lui. Bernard change de personnalité quand il prend quelques bières. Ses petits yeux noirs se plissent et il se met à raconter des histoires, un peu comme mon père. Il est drôle et menteur et, à mesure qu'il boit et se réchauffe, tout double et quadruple même. Ça fait des sacrées soirées. Finalement, ce n'est pas si mal d'avoir un frère.

Mon coude est guéri. André n'appelle presque plus. Je vais parfois au Radio Grill avec Danielle Dusseault. On déblatère toutes les deux contre André. Le pauvre, les oreilles doivent lui ciller. Eddy est souvent là avec des anciens du High School. On se salue de loin. J'aimerais lui parler, mais j'ai peur qu'il rie de moi, ou quelque chose du genre. Danielle dit :

— Tu devrais y parler, y voit pus Sandra pantoute. Y l'a laissée pour de bon.

À la maison, je prépare les repas, je lave la vaisselle, je fais le ménage. Puis le soir, je sors très tard quand Bernard m'invite, ce qui est rare. Je m'endors parfois devant des reprises de *Un homme et son péché* à la télévision. Donalda, c'est moi, mais avec des lunettes et des cheveux courts. Je nourris le désir insensé de retourner au pensionnat où je n'aurai que ma petite vaisselle à laver. André ne me rappelle plus du tout. Ma mère a perdu, j'ai gagné la deuxième manche.

Septembre arrive comme une délivrance, et je pars de nouveau à Ottawa pour y faire ma dernière année d'études. Mais je me rends compte de plus en plus que je n'ai pas le goût de faire une maîtresse d'école. Ce que je préfère, c'est lire et écrire. Je collabore au *Manuscrit*, le journal du couvent. Je lis tout le temps, surtout la nuit, dans les toilettes, avec une lampe de poche. J'ai une correspondante en France, qui s'appelle Claude elle aussi et qui m'envoie des beaux livres reliés, dorés sur tranche. C'est ainsi que j'ai pu passer au travers de *Notre-Dame de Paris*, du *Père Goriot* et de *Madame Bovary*. En toute clandestinité.

Je cache mes livres sous le matelas parce que je sais qu'ils sont strictement interdits. Ces œuvres écrites par des libres penseurs contiennent des scènes impures, c'est ce que dit la sœur de français, sœur Jean-du-Tabernacle. On ne peut lire que des extraits dans des «petits classiques» épurés. J'aime mieux les œuvres complètes, je peux me laisser emporter par l'histoire sans toujours me demander ce qui s'est passé entre les extraits.

L'autre jour, je n'ai plus retrouvé *Madame Bovary*. Annie n'y avait pas touché, j'en étais certaine, parce qu'elle ne lit que les livres obligatoires. C'est un vrai mystère.

L'aumônier m'a convoquée. J'ai failli m'évanouir quand j'ai vu, sur son bureau, ma belle édition de *Madame Bovary*.

— Vous savez que ce livre est à l'index, n'est-ce pas Claude?

— Oui.

— Vous savez que c'est un grave péché que de lire un tel livre.

— Oui.

— L'avez-vous lu?

— Non.

— Qui vous l'a donné?

— Je l'ai trouvé.

— Où?

— Dans une librairie.

— Vous l'avez acheté?

— Oui.

— Pourquoi ne l'avez-vous pas lu?

— J'en ai pas eu le temps.

— Alors vous aviez l'intention de le lire?

— Oui.

— Donc, il faut vous confesser, parce que vous aviez l'intention de faire un péché.

— ...

— Et il va sans dire que je confisque votre livre. Pour cette fois, je n'avertirai pas vos parents, mais vous savez qu'il y a là matière à renvoi.

De retour dans ma chambre, je m'écroule en larmes. Annie m'avoue que la sœur surveillante est venue pendant mon absence et qu'elle a trouvé le livre dans les toilettes. Heureusement que la sœur s'est arrêtée là, car si elle avait cherché un peu plus, elle en aurait trouvé une dizaine d'autres cachés un peu partout.

Je caresse le désir de poursuivre des études en lettres à l'université pour avoir le droit de tout lire enfin! Comment mes parents, qui ont quatre fils à faire instruire, pourraient-ils se payer le luxe d'envoyer leur fille à l'université? Après tout, une fille peut se faire vivre par son mari! C'est peut-être ce qu'ils pensent en secret quand ils offrent à mes frères, devant moi, de payer toutes leurs études s'ils veulent bien en faire.

Ma tante Alphonsine trouve la solution. Elle a lu dans le journal que le gouvernement donne des bourses aux étudiants qui promettent de «servir» sept ans dans l'enseignement. Ma mère se rend chez le député qui m'aide à faire les démarches pour obtenir la bourse et je signe allègrement ce contrat, comme une fille signe n'importe quel contrat de mariage quand elle tient mordicus à se marier. J'ai peine à le croire, mais je suis inscrite pour vrai en lettres à l'Université de Montréal, Je partirai toute seule pour la grande ville. Youpi, je ne serai plus pensionnaire! Je suis sortie du bois.

Ma mère pense que je vais me trouver un mari à l'université et que je passerai le reste de ma vie à Montréal. Je ne suis pas sûre de vouloir me trouver un mari. Un chum, oui, mais pas un mari. Elle répète une autre de ses phrases célèbres: «Qui prend mari prend pays.»

Je suis chanceuse cet été, j'ai déniché un emploi de commis dans une compagnie d'assurances. Il faut dire que j'ai fait des pieds et des mains et du crayon et du téléphone pour y arriver, d'autant plus que je savais par mon frère Bernard qu'Eddy y travaillait l'été depuis deux ans. D'ailleurs, quelle ne fut pas sa surprise au bel Eddy de me voir arriver le premier jour. Il a un poste important. Il remplace le patron et l'assistante du patron pendant leurs vacances qu'ils prennent à tour de rôle.

Il fait semblant de ne pas me reconnaître et me traite exactement comme les autres filles du bureau, gentiment, sans plus. La cicatrice s'ouvre un peu et je me demande si je pourrai supporter son indifférence très longtemps. Sharon, la directrice du personnel, une grande blonde mariée d'au moins trente ans, a l'air d'avoir l'œil sur Eddy. Monsieur Goldstein par-ci, monsieur Goldstein par-là. Pendant la pause-café, elle me questionne tout le temps. Elle me demande si j'ai un chum, si j'en ai encore pour longtemps à étudier. Elle me dit: «C'est comme Eddy Goldstein, il a décidé de s'inscrire en médecine à McGill en septembre.»

Eddy a beaucoup changé. Il arrive au travail en complet et cravate, frais et dispos, saluant toutes les employées, avec l'aménité d'un assureur chevronné. Il est tellement sérieux qu'il prend à peine ses pauses-café, alignant ses colonnes de chiffres avec la plus grande minutie. On dirait un ange comptable.

Je voudrais lui parler. Savoir ce qui lui arrive. Il sait que je sais. Sandra est partie vivre à Montréal avec son bébé. Je voudrais lui demander comment va son bébé. Pour faire le pont, pour raviver le passé. Mais je sens qu'il ne faut pas. Chaque chose en son temps.

Puis un jour que Sharon et les autres sont parties, il me regarde enfin pour vrai, comme s'il me reconnaissait. Un désir dans ses yeux bleus. Exactement comme avant. Je le regarde aussi. Je me sens ramollir et je pense que si je m'approchais de lui, il m'embrasserait. Il se retient, le petit salaud. Il me dit seulement: «Viendrais-tu avec moi ce soir? Il y a une course de stock-cars à McWatters.» Il roule toujours ses *r* à l'anglaise et je fonds. Je dis oui tout de suite.

Il vient me chercher dans une vieille minoune toute bariolée un peu après souper. Il a troqué son complet-veston pour une veste de cuir et des jeans moulants. Une mèche de cheveux se rabat sur son front, laquée noire, comme celle d'Elvis Presley. Ma mère lui ouvre la porte et, avec toute la froideur dont elle est capable, elle revient me dire que mon «type» demande à me voir. Elle glisse entre ses dents:

— Dis-moi pas que ça recommence, cette histoire-là. Toi pis tes nations étrangères...

J'agrippe ma veste de daim et je pars sans dire un mot. *Alea jacta est.*

Dans l'auto, Eddy se met à rigoler comme avant. Il se montre vite familier, me passant la main sur le genou de temps en temps. Il y a cependant un élément nou-veau dans sa façon de parler: il entrelarde ses phrases de nombreux *stie*. Je ne l'avais jamais entendu sacrer auparavant. Il a l'air d'un vrai colon. J'ai encore du mal à imaginer que ce garçon est celui que j'ai cru aimer l'an dernier, que j'aime encore.

En rentrant sur la piste de stock-cars, il met un cas-que de motard et me demande de monter seule dans les estrades. J'ai donc affaire à un coureur et non à un spectateur.

Peu à peu l'enthousiasme m'atteint, à cause des gens tout autour qui crient. Des gens que je ne connais pas. Qui boivent de la bière et qui sacrent à faire rougir les gars de bois, y compris mon père. Les autos se percutent dans une corrida de ferraille bigarrée. Plus rien n'est pris au sérieux, ni les autos, ni la vie, ni le soleil qui se couche derrière les nuages de la mine, violet et rose bonbon. Eddy est favori et, après plusieurs carambolages qui me font frémir, il n'a aucune peine à gagner la course.

Triomphant, il revient me chercher pour me ramener à la maison. Il conduit comme un fou, ivre de sa victoire, content d'avoir étonné la petite oie blanche que je suis. Sans que j'aie le temps de m'en apercevoir, on traverse les deux villes, on passe sur les voies ferrées, on se dirige vers Noranda-Nord, puis on bifurque dans le chemin du cimetière.

— Où on va? dis-je en essayant de me montrer brave.

— Tu vois bien, on vient icitte, au cimetière, stie.

— Pourquoi au cimetière?

— Parce que c'est plus tranquille, stie.

— Tranquille?

— As-tu besoin d'un dessin, stie?

Après avoir franchi la porte du cimetière, il stationne son auto au beau milieu des monuments de granit. Le temps de le dire, il ouvre sa braguette et sort son dard. Je n'ai jamais vu d'aussi près un sexe d'homme en érection. Ceux de mes frères, quand j'ouvre par mégarde la porte de la salle de bains sans frapper, me semblent ratatinés. Je regarde la chose avec curiosité, un vrai bat de base-ball au bout renflé. Il saisit ma main et l'insère avec force entre ses deux jambes en me disant: «Fais-moi jouir, stie.» Je retire ma main aussitôt et il m'empoigne le cou par-derrière pour que j'enfouisse ma tête sur son sexe qui dégage une odeur à me faire lever le cœur. Je me débats du mieux que je peux. Je ne trouve plus la partie très drôle et je me mets à pleurer. Puis il finit par me projeter sur la portière en criant :

— Maudite agace-pissette, stie.

Il démarre en trombe et fait valser sa minoune à travers les pierres tombales pendant plusieurs minutes. Je suis paralysée, sans réaction. Je pense que mon grand-père est là quelque part sous la terre. Je l'appelle à l'aide dans ma tête en fermant les yeux. Eddy finit par se calmer, sort du cimetière et il me ramène en quatrième vitesse à la porte de la maison.

Ma mère m'attend dans la cuisine. Pour une fois, je me sens réconfortée en la voyant. Elle fait semblant de lire son *Woman's Day* au bout de la table.

— Ç'a ben été, ta petite sortie ?

— Oui, m'man, ç'a ben été.

Elle ne me croit pas, c'est sûr. Elle reste encore un peu dans la cuisine, au cas où je lui raconterais quelque chose. Je vais me coucher. Toute la nuit, je revois les yeux d'Eddy, menaçants. J'ai mal au cou et je tremble pour rien. Je n'ai pas fermé l'œil et je me dis qu'Eddy était bien plus raffiné l'année dernière. Je suis en confiture. Je vais travailler à reculons, comme si j'étais en proie à une fièvre de cheval. J'ai peur d'affronter Eddy. J'ai peur qu'il raconte tout au bureau aujourd'hui. Mais non, il arrive à l'heure au travail, en cravate comme tous les matins, et il salue tout le monde avec délicatesse. Petit sourire en coin. Que penser de tout ça ? Est-ce que je suis vraiment une agace-pissette ? Je me sens quand même humiliée. Comment peut-il continuer à vivre comme si rien ne s'était passé ? Je ne comprends pas. Je suis une zone sinistrée.

— Eddy, pourquoi as-tu fait ça? Me détestes-tu tant que ça?

Mais les mots restent au gosier. Je devrais le haïr. Je devrais le tuer. Mais je l'aime, c'est plus fort que moi, et je joue son jeu.

— Bonjour, Eddy, comment ça va?

— Oh! un 'tit peu poqué. J'pense que j'ai un peu trop bu hier soir, j'me rappelle pus trop trop ce que j'ai fait.

Je l'haïs, l'hostie.

Puis septembre arrive de nouveau. Je n'arrive pas à croire que je pars pour de bon à Montréal, qu'Eddy y sera lui aussi. Dans son appartement, près de son université. Le dernier jour, il me dit:

— Je vas t'appeler.

— Comment tu peux m'appeler, j'ai pas encore le téléphone.

— C'est pas grave, j'm'arrangerai, *you're gonna see*.

Et il me frôle la joue d'un petit bec. Un petit baiser copain copain, et je rougis. Je suis déçue, j'en voudrais davantage, un French kiss comme dans le bon vieux temps.

André vient me reconduire au terminus, il a insisté. J'ai dit oui, en pensant qu'Eddy nous verrait ensemble, juste pour qu'il soit jaloux. Évidemment, personne ne nous a vus à sept heures et demie du matin. André a essayé de me coller un gros baiser sur les lèvres pour payer son déplacement, mais je suis montée vite dans l'autobus, me contentant de lui faire bye bye à travers la vitre. Bye, bye, Noranda. Je ne reviendrai plus. En tout cas, pas pour un bon bout de temps. C'est trop plate.

J'espère qu'Eddy m'appellera à Montréal, qu'il ne

m'oubliera pas. Je lui en veux de m'avoir coincée dans l'auto au cimetière, mais c'est plus fort que moi, je l'aime encore. Je me dis sans conviction que je l'oublierai, que je me ferai un nouveau chum à l'université. Un vrai sérieux chum qui m'aimera tout le temps, qui me téléphonera tous les jours. Mais Eddy s'améliore à mesure que le voyage avance. Cadillac, Malartic, Val-d'Or, Louvicourt, Grand-Remous, Mont-Laurier, Saint-Jovite, Sainte-Agathe. Je ramollis et, rendue à Montréal, Eddy a atteint la perfection.

Ma tante Laura m'a déniché une chambre pendant l'été. Sûrement que c'est la chambre la plus miteuse des alentours de l'université, avec une tapisserie de couleur indéfinissable, des tentures fleuries rouge et vert, un tapis de Turquie fleuri rouge et noir, un couvre-lit fleuri rouge et bleu, un lit de noyer foncé, un miroir terni et craqué, des abat-jour jaunis et sales, une commode grasse. Ça sent les vieilles toasts et le linge moisi.

Ma tante Laura me prête une table de jardin sur laquelle j'installe ma Smith Corona vert et blanc, flambant neuve. Je veux être à la hauteur et je tape méticuleusement toutes mes notes de cours pendant les trois premières semaines. Ensuite, je me vautre dans la lecture de tous les romans que je n'avais pas pu lire. Je commence la *Comédie humaine* et je délaisse les notes de cours. Ce n'est vraiment pas comme au cinéma : les personnages vivent dans ma tête, je me promène en voiture sur les pavés de Paris, je manque d'argent, j'assiste au bal. Je suis la voisine de la cousine Bette. Je découvre la France, je découvre l'Europe.

Je vais à tous mes cours. Je suis un peu perdue et j'ai l'impression de venir d'un pays étranger, de n'avoir jamais rien appris. Je ne pose pas de questions, même si je ne comprends pas grand-chose à ce que les professeurs racontent. Les filles qui viennent de Marie-de-France posent de longues questions que je ne comprends pas non plus. Elles ont un petit accent français, portent les Chanel de leur mère et conduisent la décapotable de leur père. Je n'ose même pas leur adresser la parole. Par contre, j'ai vite trouvé deux copines, une fille de la Nouvelle-Écosse et une autre de Chicoutimi. Puis je rencontre des garçons, aussi timides que moi, qui viennent de Sudbury et de Moncton. On rigole ensemble. Ils jouent de la guitare, et je les considère un peu comme mes frères. Au fond, on se sent tous comme des réfugiés.

Chez madame Beauséjour, où je reste, il y a aussi un gars qui loue une chambre. Tony d'Ottawa. Il étudie en art dentaire et il a de beaux cheveux blonds tout frisés. Il est fiancé, et c'est la première chose qu'il me dit ou presque. Mais il vient souvent frapper à ma porte pour m'inviter à prendre un café avec lui dans la cuisine quand madame Beauséjour est partie. On discute pendant des heures. Heureusement que madame Beauséjour est très pieuse. Elle va à l'église trois fois par jour, le matin, l'après-midi et le soir. Tony et moi, on parle contre elle et on dit qu'elle doit avoir un kick sur le curé. Elle nous regarde de travers quand elle nous surprend dans la cuisine en train de rigoler. Elle fait «Tut! Tut! Tut!» et rentre dans son salon double en claquant la porte vitrée.

Sur les murs des couloirs pendent des natures mortes. Son mari était peintre et il a fait une production importante de tableaux sans jamais les vendre. Il était contre le marché de l'art, semble-t-il, et il a interdit à sa veuve, dans son testament, de vendre un seul tableau. Elle insiste sur ce détail. Je les trouve tellement laids et insignifiants, ces tableaux, que même si elle voulait les vendre, elle ne trouverait pas d'acheteurs.

Ce soir, je sors avec Tony. Il m'invite au ciné-club voir *Jules et Jim*. Jeanne Moreau chante une chanson de bracelets tout à fait anodine avec sa voix frêle, et ça m'empêche de deviner qu'elle va se suicider. J'aurais tant aimé qu'elle puisse aimer ses deux amants et qu'ils vivent à trois, sans problèmes, dans leur chalet suisse. Ils étaient pourtant bien partis, mais ça n'a pas marché. Pourquoi cela doit-il toujours finir mal dès que les sentiments sont complexes ? J'aime Eddy, je vais toujours l'aimer. Je ne le dirai pas, ça ne se fait pas, c'est pourquoi je n'aurai pas à me suicider. Ce qui n'est pas dit dans les paroles de nos mères mène à la mort, c'est sûr. Il faut se taire pour vivre.

Madame Beauséjour devine que Tony et moi, on pourrait devenir de grands grands amis. Elle ne peut pas le supporter et sa patience est à bout. Elle dit en revenant de la messe :

— Mademoiselle Éthier, je vous donne une notice d'une semaine. Samedi prochain, vous devez partir d'ici. Je vais communier tous les matins et je ne veux rien avoir sur la conscience. Qu'est-ce qui m'a pris de louer mes chambres à des sexes différents ?

— Mais pourquoi moi et pas lui ? lui ai-je répondu, un peu baveuse.

— Parce que les filles, c'est plus risqué. J'ai pas envie que vous tombiez enceinte dans ma maison.

— Mais madame, j'ai pas l'intention de tomber enceinte.

— Mais vous pouvez faire des... choses quand chus partie à la messe pis j'veux rien avoir sur la conscience. Et pis, j'trouve que les filles, vous autres, vous restez trop longtemps dans la toilette à vous pomponner. J'ai fait une grave erreur, là, j'veux plutôt louer à un autre garçon, c'est plus pratique... j'vas pouvoir aller communier en paix.

Je fais mes bagages et je cherche une autre chambre. Près de l'université en plein mois d'octobre, ce n'est pas évident. Heureusement, les petites annonces me mettent en relation avec Gracia, une grande blonde pulpeuse, mère de jumeaux de quinze ans, divorcée et accotée.

Gracia est la première femme divorcée que je vois de près, en chair et en os. Je trouve plutôt scandaleux de l'entendre chanter et rire tout en cuisinant des ailes de poulet à la moutarde, son mets préféré. Il me semble que cette désinvolture ne va pas du tout avec son statut de femme divorcée.

Gracia est d'ailleurs loin d'être malheureuse, surtout lorsqu'elle passe l'après-midi avec son petit ami chauve, un Écossais qui cherche indirectement à m'inclure dans leurs ébats. Mais la morale de l'«œuvre de chair en mariage seulement» est encore ancrée solidement dans mon cerveau. Je suis restée presque vierge. Enfin, Eddy a ouvert la voie avec un doigt seulement, et je compte n'y rien changer, même si, par ailleurs, toutes les autres possibilités de contacts amoureux sont les bienvenues.

Gracia gagne sa vie à vendre de la lingerie fine importée de France. Elle fait sa propre réclame en s'affichant dans la maison avec d'élégants dessous Simone Pérèle, à peine camouflés par des déshabillés vaporeux. On voit des taches de rousseur sur sa poitrine. On voit aussi quelques bourrelets sur son ventre.

Elle part souvent quelques jours pour offrir sa marchandise à des clients de l'extérieur. Elle vend beaucoup parce qu'elle se fait elle-même mannequin. Elle ne part jamais sans son diaphragme. Quand je vais à la toilette, je l'examine et je me demande comment elle fait pour utiliser cet objet caoutchouté au moment propice. J'aurais peur de mal l'installer dans l'énervement. D'ailleurs, Gracia se plaint que son diaphragme est mal ajusté. Elle en discute avec son ami écossais au sortir de la chambre certains après-midi.

Dans cette atmosphère de haute luxure, j'ai beaucoup de distractions. Il y a des chicanes, de la baise et toutes ces choses qui rendent difficile la concentration dans les études. Gracia est un personnage de roman, comme Manon Lescaut ou Emma Bovary. De la voir ainsi manœuvrer, ça me donne le goût de passer de la théorie à la pratique. L'amant écossais devient de plus en plus pressant pendant les absences de Gracia. Chaque fois que je le rencontre, il me demande si je suis vierge, si je consentirais à coucher avec un homme que je connais à peine. Il tourne autour du pot, il voudrait bien qu'on aille faire un tour dans sa chambre. Mais il est chauve et vieux, et je décide de prendre un logement. J'ai besoin de plus de calme pour étudier.

Je commence une vie nouvelle dans mon petit appartement d'une pièce, au 2269 Maplewood. C'est mon amie Marie-Claire, une fille débrouillarde, qui me l'a refilé. Ses parents habitent à Montréal, mais elle vit quand même en appartement. Elle connaît plein de gars et se tient avec la gang de la revue *Mots et cris*. Elle m'a demandé d'en faire la mise en pages. Ce que j'aimerais le plus au monde, ce serait d'écrire, mais je pense que l'écriture c'est pour les autres, comme la maladie, comme la mort. J'écris des textes quand j'ai le cœur gros, mai je n'oserais jamais en montrer une seule ligne à qui que ce soit de peur de faire rire de moi. Je sens d'ailleurs que mes poèmes n'ajouteraient pas une seule goutte d'eau au verre déjà rempli des Miron, Chamberland, Perreault et compagnie.

En faisant la mise en pages de la revue, je me sens plus près de l'écriture. Chez Marie-Claire, c'est ni plus ni moins le local de la revue. On y va souvent parce que c'est chouette chez elle et qu'elle n'est pas trop exigeante en matière de propreté. Il y a de la bière, de la fumée, beaucoup de discussions, un peu de pelotage et parfois quelques conversations littéraires. Je suis fascinée par les gars de la revue qui sont tous très nationalistes. Pour eux, tout a l'air clair, précis, évident. Je suis d'accord avec leurs arguments, mais en les écoutant, j'ai toujours l'impression qu'ils sont trop sûrs d'eux pour que ce soit si simple. L'indépendance me laisse perplexe. Les gars sont pompés à l'os contre les Anglais. Ils défilent tout bas des tas de statistiques qu'ils prennent dans les numéros de *Révolution québécoise*. On dirait qu'ils ne font que penser et boire de la bière, qu'ils ne font rien d'ordinaire comme se laver, manger, acheter des choses, embrasser une fille. Pourtant, ils ont des blondes. Je me demande s'ils se déshabillent pour se coucher.

J'ai bien arrangé mon une-pièce. Avant de partir, Marie-Claire a décroché les innombrables affiches de Chagall et de Miró qui tapissaient ses murs. Ça laisse des grands carrés jaunes, et je décide de tout repeindre avant de coller mes propres affiches de Chagall et de Miró. C'est comme un vrai petit nid. Pour la première fois de ma vie, je me sens chez moi, et ça me rend euphorique. Dans mon une-pièce, j'irai jusqu'au bout, j'en suis sûre. Avant l'août, foi d'animal, intérêts et principal.

Gracia est devenue une vraie mère pour moi. Elle m'aide à coudre des petits rideaux vert canot et une housse assortie pour mon divan-lit. D'un côté, il y a un lavabo, un minifrigidaire, une armoire de métal blanche et un petit poêle à deux ronds, et de l'autre côté, il y a une bibliothèque, un divan, une table à tout faire. Entre tout cela, des philodendrons courent dans un filet de pêche de Gaspésie, comme à la crêperie bretonne de la rue Rachel.

Je suis au ciel vingt-quatre heures sur vingt-quatre, sauf quand il faut que j'aille aux toilettes. Je partage la salle de bains avec deux autres locataires et je dois mettre beaucoup de Ajax dans la baignoire pour la nettoyer avant et après chaque bain. Comme chez moi, à Noranda, avec mes frères, je suis la seule à voir que la toilette, la baignoire et le lavabo sont sales. Des capotes usagées traînent parfois sur le bord du lavabo. La nuit, j'entends clairement les borborygmes et les râles d'orgasme chez mes voisins.

Je suis à la recherche de pilules contraceptives. Marie-Claire, une habituée de l'alcôve, m'avertit qu'il est difficile de s'en faire prescrire sans certificat de mariage. Gracia, ma bonne étoile, connaît un juif de Westmount qui ne pose pas de questions indiscrètes. J'ai son numéro de téléphone et, si ça marche, je le refilerai aux copines.

Le docteur juif de Westmount ne m'a rien demandé. Seulement si j'étais allergique et si j'avais plus de dix-huit ans. J'ai une petite roulette que je camoufle dans mon sac et je fais sonner le réveille-matin à huit heures du soir pour ne pas oublier de prendre ma pilule. C'est très facile et je n'ai presque pas mal au ventre quand je suis menstruée. Mes seins sont gonflés, sensibles au toucher.

Aujourd'hui, c'est le printemps. La mince couche de glace sur les flaques d'eau est prête à céder au moindre pas hasardeux. La rue Maplewood ruisselle sous le soleil. André m'appelle de temps en temps. On jase au téléphone longtemps, mais je refuse toutes ses invitations. C'est plus fort que moi, je pense à mon bel Eddy qui ne m'a pas donné signe de vie de l'année. Je pourrais l'appeler, mon frère Coco a son numéro à Montréal. Mais je ne veux rien demander à Coco et puis je n'appelle pas les gars. Jamais. C'est ma fierté. N'empêche que j'aimerais bien qu'Eddy m'appelle. J'ai envie de lui parler, qu'il me regarde avec ses yeux de juif errant. J'ai envie d'avoir un chum. Quand je vois des amoureux qui se promènent main dans la main, j'en bave. Est-ce que ça va m'arriver un jour? Des fois je suis découragée et je pense que je passerai le reste de ma vie toute seule, indépendante et fière, mais triste au fond. «Allons, Claude, la mère des gars est pas morte.» La petite voix de ma mère me fait sortir de ma torpeur et je décide de commencer ma chasse à l'homme.

Je choisis d'abord mon territoire: l'appartement du sous-sol où restent deux gars de la revue, Guy et Jean-

Guy. Leur frigidaire regorge de bactéries bien vivantes disposées autour d'innombrables bouteilles de bière. J'arrête chez eux par hasard pour remettre les épreuves parce qu'en plus de faire la mise en pages, je corrige les textes de tout le monde. Roger est là, c'est le nouveau trésorier. Il est venu leur montrer comment préparer le budget de la revue. Il semble tellement fort en chiffres et s'est rasé de si près que j'ai du mal à l'imaginer en lettres. Il a tout à fait l'air d'un comptable patenté. Il est bien habillé, bien peigné et dégage une odeur délicate d'after-shave ou de déodorant. Cela contraste avec les gars de la revue qui sont plutôt barbus, poilus et dont les chandails sentent la sueur et le renfermé. Roger est sensible, je crois, à la coupe très au poil de mon petit tailleur pied-de-poule.

On boit beaucoup de bière pendant longtemps et, comme toujours, plus on devient soûls, plus la discussions s'anime et devient confuse. Roger a l'air d'être contre l'indépendance et il sort des arguments étoffés de statistiques qui nous laissent bouche bée. Je sens qu'il triture les chiffres, mais personne n'arrive à le discerner vraiment. C'est trop facile. La chicane est sur le point d'éclater, mais Roger est cool et il propose à tout le monde d'aller prendre un Brio chez Vito. Sur place, il m'offre de partager sa pizza all dressed. Ensuite, on marche un peu sur Lacombe et on entre au Bouvillon prendre quelques screw-drivers. Il tète sa cerise au fond du verre tout en me regardant dans les yeux. Il me caresse les genoux sous la table sans que personne ne voie son geste et je fais semblant de ne rien sentir. Sur la piste de danse, il fait plusieurs tentatives louables pour me montrer comment danser le cha-cha-cha, mais je ne connais que le slow et le rock'n'roll. Je n'arrive pas à faire autre chose que de lui marcher sur les pieds. En sortant, il me dit :

— Viens-tu, Claude ? On va aller au belvédère de la montagne contempler la ville de Montréal.

— O.K. !

Roger a une petite Simca Zephyr grise. Il me fait monter en ouvrant galamment la portière. Une fois stationnés au belvédère de la montagne, on se met à faire du necking. Je n'ai pas embrassé de garçon depuis longtemps et ça m'électrise tellement, ce baiser, que je ne regarde même pas la ville. Le jour se lève et je crois bien que je suis mûre comme une figue sous le soleil de Tunis.

Dans l'appartement, j'ouvre le divan-lit et je commence à me déshabiller. Puis je me calme bien vite parce que Roger n'est plus très pressé. Il prend soin de vérifier les draps, de se déshabiller méthodiquement en pliant ses vêtements. Il est nu et se promène avec aisance comme un habitué des camps de nudistes. Je n'arrive pas à ôter ma jupe et ma blouse. Il prend le temps de me dévêtir morceau par morceau en me caressant longuement. Je deviens folle, je me tords. Il me lèche partout. Je comprends pour la première fois toute la complexité et toute la profondeur de l'expression « œuvre de chair ». Mais pourquoi « en mariage seulement » ?

Il me fait l'amour avec délicatesse. J'en redemande. Roger semble déçu : il pensait que c'était la première fois et sur les draps, il n'y a rien de rouge, aucune tache, aucune preuve. J'essaie de lui expliquer que c'est la vraie première fois, en insistant sur le mot « vraie ». Je ne veux pas lui parler d'Eddy. Je trouve ça très compliqué et je décide de me taire.

Il remet ses vêtements tranquillement en commençant par ses chaussettes. L'air songeur, il me dit sèchement au revoir en me laissant pantelante, les cuisses encore toutes mouillées.

Une semaine a passé depuis ma nuit de «noces» et Roger ne me fait pas signe. J'ai bien aimé la petite intrusion qu'il a faite dans ma vie privée et je me demande comment m'y prendre pour renouveler l'expérience. J'essaie par toutes sortes de stratagèmes de le rencontrer à l'université. Il ne suit pas les mêmes cours que moi, mais en parlant aux gars de la revue, je me suis arrangée pour connaître son horaire.

Par pur hasard donc, je revois Roger à la sortie d'un cours d'histoire. Je veux lui présenter mes excuses et lui dire ce qu'il voulait entendre à propos de ma virginité ratée. Mais il me fait un de ces grands sourires, et j'oublie de m'expliquer.

— Allô! chère! Comment vas-tu? me dit-il, toujours aussi guilleret.

— Ben, c'est une chance que j'te rencontre, imagine-toi que je voulais justement t'avertir qu'y a une réunion de la revue mercredi soir prochain, chez Guy et Jean-Guy. Penses-tu pouvoir venir?

— Sais-tu, j'sais pas trop trop ce que j'vas faire là avec c'te gang de barbus-là, j'ai décidé de pus remettre les pieds là. Si jamais tu les vois, fais la commission, chère.

— Compte pas sur moi.

Bon, encore un autre qui fait comme si rien ne s'était passé. Un soir, il met sa langue dans le fond de ma bouche et un peu partout sur mon corps, il me caresse les seins et le reste, il introduit son pénis gonflé dans mon sexe, et le lendemain il fait comme si rien ne s'était passé. C'est donc ça, la love?

Je ne suis pas à la hauteur de l'amour. Ma mère me l'a bien dit, c'est à cause de mes lunettes, à cause de mes cheveux raides, de mes ongles rongés. Peut-être que je ne suis pas assez riche, assez intelligente? Peut-être que mon désir géant comme un sac de pop-corn lui fait trop peur? Je ne comprends pas la coupure brutale des peaux, des âmes. Je reste engourdie dans mon désir comme si j'avais bu cinquante Labatt 50 d'affilée.

Je me remets à la lecture. J'ai au moins trente romans à lire. J'espère trouver des réponses claires dans les histoires des autres. Mais non, Claude, tu sais bien, les amours des livres sont de vraies amours qui durent et qui meurent dans la passion absolue, dans le feu de forêt, dans les mots qui ravagent. Comment font-ils pour s'aimer dans les livres, avec des rebondissements, des trahisons, des meurtres et des emprisonnements? Je voudrais être une page de roman.

Pâques arrive, tendre. Je ne m'habitue pas à la lumière tamisée, ni au muguet qui pointe sous les balcons. C'est congé et, pour une fois, je décide de ne pas aller à Noranda. Je suis bien ici.

Vendredi après-midi. Je reçois un appel d'Eddy. Je n'en crois pas mes oreilles.

— Qui t'a donné mon numéro?

— C'est ton frère Coco.

— T'es allé à Noranda?

— Oui, le semaine dernier, mon mère est morte.

— Hon!... mes sympathies.

— J'aimerais ben ça te voir.

— Moi aussi.

— Je peux aller chez toi?

— Oui, oui, ben sûr.

— O.K. Je vas être là vers sept heures. Coco m'a donné ton adresse aussi.

— O.K.

— *See you.*

Je sors ma panoplie sexy: un chandail moulant, un pantalon, un soutien-gorge noir pigeonnant, une petite culotte de dentelle, noire elle aussi. Je me suis fait teindre les cheveux noir de jais pour ressembler le plus possible à Juliette Gréco.

Je ne pense qu'à ce moment béni où je reverrai Eddy et je me prépare mentalement à faire l'amour avec lui. J'ai pris mes pilules consciencieusement tout le mois et, quand Eddy arrive, je me sens tout à fait prête à redevenir sa blonde steady. Je le trouve séduisant dans son jacket de cuir. Il n'a plus du tout l'air d'un coureur de stock-car. Il ne met plus de wave set dans ses cheveux. Il m'entoure de ses grands bras et n'arrête pas de dire: «Mon 'tite Claude, mon 'tite Claude.» Je me méfie un peu. Ma cicatrice du cimetière veut s'ouvrir, mais heureusement qu'il ne sort pas un seul «stie».

Eddy a de la peine. Il me parle de sa mère. Sa mère morte. Il est comme un petit garçon. J'ai du mal à compatir avec lui. Je lui en veux de ne pas m'avoir fait signe quand mon frère Bernard s'est blessé. Je voudrais le lui dire, mais je n'ose pas. Je l'écoute parler de sa mère et, à chaque mot qu'il dit, j'imagine mon frère Bernard au moment où l'arbre tombe sur lui au bord du lac Opasatika. Je me mets à pleurer. Eddy s'excuse et je dis, non, c'est pas de ta faute. Toujours la méprise, même en parlant de tragédie.

On boit tranquillement notre bière. Vers minuit, au moment où je pense qu'on va ouvrir le divan-lit, il se ranime. Je vois un plan dans ses yeux.

— Viens faire un tour d'auto.

— Où ça?

— Aux States. Es-tu déjà allée aux States?

— Non, mais j'sais pas si j'ai le goût d'y aller tout de suite, j'ai des cours demain matin pis y faut que j'prépare mes examens.

— Espèce de fille à lunettes! Apprends donc à faire des petits folies.

Fille à lunettes, c'est quand même mieux qu'agace-pissette. J'ai un petit serrement de cœur quand j'entre dans la Valiant d'Eddy. Au fond, j'ai peur qu'il m'amène dans un cimetière et qu'il recommence ses niaiseries. Mais il a de la peine et sa mère est morte. Ça me rassure. Il parle sans arrêt, comme avant. Il me fait penser à mon père avec ses histoires à plusieurs étages, qui prennent une éternité à aboutir. Vers deux heures du matin, je sors pour la première fois de mon pays. Dans sa Valiant, Eddy me fait découvrir les escarpements d'Ausable Chasm. J'ai perdu le sens de l'orientation. Ausable Chasm pourrait être au Colorado dans les canyons, en Norvège dans les fjords ou en Ontario près des chutes du Niagara. Je suis prête à n'importe quoi, n'importe où. On s'arrête en chemin pour commander des frites huileuses qu'on déguste avec un gros coke dans la voiture tout en s'embrassant goulûment.

À la frontière du matin, je découvre les États-Unis dans le lit crasseux d'un motel *nowhere*. Des abîmes de sable devant la *thermopane*. Une enseigne de néon

clignote : *Ausable Chasm Motel.* « Au sable ». Les Américains aussi déforment les mots français pour les utiliser
dans leur langue. Eddy me laboure sans poser de questions, et il suce mes seins en même temps qu'il introduit quelques doigts dans mes parties sensibles et
mouillées. On s'endort très tard pour se réveiller presque aussitôt dans l'odeur âcre des draps, face au soleil
cru.

Au restaurant du motel, avant même d'avoir commandé, une waitress, mâchant sa gomme baloune, fait
glisser sur la table deux cafés clairs. Elle dit quelques
mots nasillés. Eddy comprend tout de suite : « *An order
of toasts, eggs sunny side up* ». Quelques minutes plus
tard, elle livre la marchandise : deux toasts bien grasses,
enduites de confiture aux fraises et de beurre de
peanut, avec des œufs au ketchup nageant dans du
beurre fondu. Je dis à Eddy que j'ai mal au cœur.

— J'espère que t'es pas enceinte ! dit-il, pour faire
une blague.

Ça me rappelle que j'ai oublié ma roulette de pilules.
J'aimerais en parler à Eddy, mais j'ai peur qu'il se re-
mette à sacrer. J'ai très hâte de retourner à Montréal.

— On part !

— Non, viens donc dans la chambre un peu, répond
Eddy, en me frôlant la joue de ses doigts un peu grais-
seux.

On fait de nouveau l'amour. Je regarde les chromos
de velours sur les murs. Eddy m'arrache quelques cris
de jouissance en faisant des va-et-vient très en profondeur. J'ai une idée fixe : prendre ma pilule.

En sortant du motel, on marche un peu le long des
rochers. J'écris des poèmes sur le sable, des poèmes de
Rina Lasnier que j'ai étudiés dans un cours de poésie

canadienne-française : « est-il nuit plus nouvelle que la naissance / est-il jour plus ancien que l'âme ? » Eddy me trouve folle, les efface à mesure en les lisant tout de travers avec son accent terrible. Les enseignes du motel clignotent toujours, et on pourrait tourner en rond le reste de notre vie dans Ausable Chasm comme à cheval sur un carrousel désaffecté.

Eddy et moi, c'est steady. Assez pour en parler à ma tante Laura et à Marie-Claire en tout cas. On se voit souvent. Il me parle enfin de son fils qui marche déjà. Sandra lui permet de le voir en cachette de temps en temps. Les parents de Sandra paient pour tout et ils ne veulent plus que Sandra revoie Eddy. Ils lui en veulent à mort d'avoir mis leur fille enceinte et de l'avoir abandonnée. Tout est de la faute d'Eddy et, quand Eddy en parle, il devient grave. Il dit : « Je ne veux plus avoir d'enfant, jamais. »

Il passe parfois deux semaines sans m'appeler. Et moi, je ne l'appelle jamais, par principe. Mais je reste près du téléphone, je ne sors presque pas, de peur qu'il m'appelle pendant mon absence. Je pense à lui jour et nuit. Il me dit que ses études de médecine lui prennent tout son temps. Si ma mère savait que je sors avec Eddy, elle ne me le pardonnerait pas. Mais s'il parvient à terminer ses études de médecine, peut-être qu'elle changera d'idée à son sujet. Je me vois à Noranda dans ma maison à deux étages avec Eddy et ma petite famille. Ça ne dure pas longtemps. Il y a quelque chose qui cloche dans ce rêve, comme s'il ne m'appartenait pas.

Quand Eddy arrive comme un cheveu sur la soupe, les yeux tristes et les cheveux en broussaille, je lui saute au cou. On boit de la bière, on jase longtemps, puis on baise et on baise. Je commence à croire que je ne suis pas si moche après tout. Il faut dire que j'ôte mes lunettes au lit.

Je ne présente pas Eddy à Marie-Claire, ni à Guy, ni à Jean-Guy, ni à personne. Ils sont tellement indépendantistes qu'ils me reprocheraient de sortir avec un Anglais, un juif surtout. Nous sommes seuls au monde, comme dans les meilleurs films de love.

Arrive l'été. Je n'ai pas pu me trouver de travail à Montréal et je reviens seule à Noranda. Eddy reste à Montréal, le chanceux. En été, la ville est grasse et chaude comme l'amour. Il m'accompagne au terminus bondé de voyageurs venant de partout et de nulle part et m'embrasse jusqu'au moment où l'autobus démarre dans une odeur forte d'huile crue.

Depuis trente et quelques jours que je suis là, je ne vois toujours rien venir et je m'en inquiète suffisamment pour prendre rendez-vous en cachette avec le docteur Cohen, le nouveau médecin de Noranda.

Avec Danielle Dusseault, j'ai trouvé un emploi comme monitrice dans un camp pour jeunes attardés. Les après-midi, quand il fait beau, j'emmène les enfants au parc. Ils sont ravis de se balancer. Quelques-uns portent des couches, même à dix ans. D'autres bavent et n'arrêtent pas de se masturber. Le soir, on rentre à moitié mortes. On n'est même plus capables d'aller au Radio Grill.

Après mon travail, cet après-midi, je vais chez le médecin. Il m'examine, puis je lui fais répéter plusieurs fois ce que j'ai parfaitement bien entendu: «*You are pregnant.*»

Le monde s'écroule.

Je lui dis tout de suite que je ne peux pas garder le bébé, que je dois me faire avorter, que je ne veux pas que ma mère le sache, que je veux le secret absolu. Rien à faire, ce n'est sûrement pas la première fois qu'il entend ces phrases. C'est clair qu'il ne veut pas m'aider. Tout ce qu'il peut faire pour moi, c'est d'écrire le mot *flu* sur ma fiche médicale. Puis il me prescrit un laxatif puissant, au cas où... Mais il m'avertit que si le bébé est accroché, ce laxatif ne me sera d'aucun secours.

Je sors du bureau du médecin en imaginant la petite âme qui flotte dans mon ventre. Je passe par la pharmacie, mais je ne veux pas rentrer chez moi tout de suite. Il me faut élaborer un plan pour aller me faire avorter à Montréal. Je ramasse les cennes que je peux trouver dans mes poches et je me rends au Radio Grill pour téléphoner à Eddy. C'est une fille qui répond. J'aimerais raccrocher, mais je me domine:

— Est-ce que je pourrais parler à Eddy, s'il vous plaît?

— Ben là, y est parti au lac Louise pour un mois.

— Au lac Louise?

— Ben oui, au lac Louise, en Alberta.

— Bon. O.K., laissez faire, bonjour.

Je raccroche puis je retourne m'asseoir sur une banquette du restaurant. Je commande des frites avec un coke, mais le cœur me lève et je ne peux rien avaler. Je pense à Sandra, à son bébé, puis je sors. En tournant le coin de la *Main*, je vois André qui se promène tout seul. Je presse le pas pour qu'il ne me voie pas. Je marche vers la maison lentement. Je longe le lac Osisko, en passant devant l'hôpital, et je m'engage dans le chemin Trémoy.

C'est un soir frisquet de juin. L'air est piquant. Je regarde les salons de toutes les maisons où les rideaux n'ont pas été tirés. Une lumière jaune m'arrive de ces intérieurs de riches et me calme un peu. Ma mère a peut-être raison, je devrais me trouver un petit mari canadien-français pour vivre dans une maison blanche à deux étages et tout ce qui s'ensuit : un beau jardin, des fleurs, une bay-window, un chien, un foyer, des enfants. Un gars comme André, par exemple, ça ferait plaisir à ma mère. Quand j'arrive à la maison finalement, elle m'attend dans la cuisine :

— Veux-tu ben me dire où t'es allée ?

— Au cinéma.

— Toute seule ?

— Oui, toute seule.

— Dis-moi donc, toi, t'as pas eu ton mal de ventre ce mois-ci ?

— J'ai été menstruée, mais j'ai pas eu mal au ventre.

— Tant mieux si ça peut s'arranger, c'est pas drôle d'avoir mal comme ça tous les mois.

— T'inquiète pas, ça va mieux.

— Bon, va te coucher, y est tard. Si tu veux être en forme pour travailler demain.

La double dose de laxatif fait effet. Aux petites heures du matin, une crampe me réveille et je cours à la toilette. Impossible d'aller travailler. J'ai l'impression que tout mon intérieur se vide, les intestins compris. Le sang coule abondamment, avec d'énormes caillots brunâtres et d'innombrables flocons rouge vin. Je reste ainsi à me répandre pendant une bonne demi-heure, tout en sueur, évitant de crier même si la douleur m'agrippe par moments, me traverse de bord en bord. Puis mon père, qui se lève toujours bien avant tout le monde pour avoir le temps de se raser et de lire son journal de la veille, frappe à la porte de la salle de bains.

— Une minute, 'pa, attends un peu, j'en ai pour une minute.

— Es-tu malade ?

— Oui, j'ai la diarrhée, je pense.

— As-tu besoin d'aide ? J'peux aller chercher ta mère.

— Non, laisse faire.

— Prends ton temps, Chouchoune.

Je déroule presque un rouleau entier de papier de toilette et je le mets entre mes deux jambes en vitesse. Je sors de la salle de bains sans regarder mon père, de peur qu'il ne voie mon visage défait par les crampes.

— Gêne-toi pas pour frapper à la porte si t'as besoin d'revenir, Chouchoune.

Je m'affale sur mon lit, me tordant chaque fois que le sang afflue dans mon bas-ventre. J'ai l'habitude de cette douleur qui m'assaille chaque mois. Mais cette fois, je ne peux pas vomir ni perdre connaissance parce que je ne veux pas que ma mère me pose des questions.

Je garde le lit, prétextant la diarrhée, mettant mes Kotex dans des boîtes de chaussures que je camoufle derrière mon divan-lit. Toute la journée, j'entends ma mère au téléphone qui raconte en détail ma maladie à toutes ses sœurs. Enfin une maladie, une vraie. Pas seulement des sales menstruations dont on ne parle jamais parce que ce n'est pas une vraie maladie. La vraie maladie, tout comme les accidents, ponctue la vie des mères, tissant la trame de leur mémoire jour après jour. La maladie bénie réchauffe la conversation et attire l'affection. Seule la vraie maladie fait fléchir les mères.

Je finis par retourner au travail, et le reste de l'été s'écoule sans incident. Je suis toujours sans nouvelles d'Eddy. Un soir, pour me consoler et pour me débarrasser, je vais à l'aréna avec André faire du patin à roulettes. Personne ne nous a vus, évidemment. Encore un été de passé.

Je reviens à Montréal et j'appelle Eddy du terminus pour lui donner rendez-vous au Bouvillon. Je me montre plutôt froide et je lui demande de but en blanc pourquoi il ne m'a pas appelée.

— J'étais allé au lac Louise, me répond-il.

— Je l'sais. Étais-tu tout seul?

— Non, j'étais avec Sandra pis le p'tit.

— Avec Sandra?

— On s'est mariés finalement, c'était trop difficile avec les familles.

— Tu t'es pas marié avec elle?

— Ben quoi, c'est le mère de mon enfant.

— Pis moi?

— Toi, y a pas de problème, j'vas te garder toute ma vie comme un maîtresse. C'est simple ça, tu vas être mon maîtresse toute ma vie et pis...

Je ne le laisse pas finir sa phrase. Je le quitte sans le regarder et je regagne en tremblant mon appartement. J'essaie de pleurer, mais ça ne vient pas. Je ne veux plus jamais revoir Eddy. Point à la ligne.

Tranquillement, je reviens à la vie.

J'ai gagné assez d'argent pendant l'été pour m'acheter un phono, ce qui me permet de ressasser ma tristesse célibataire. Juliette Gréco, Jacques Brel et Boris Vian me remplissent la tête de leurs chansons que j'apprends par cœur. Je fais tourner mille fois *Fais-moi mal Johnny* parce que j'aime bien le bout où il remet ses petites chaussettes. La poésie de Paris m'entre dans l'âme comme un onguent qui soulage le mal sans le guérir complètement. Ma tante Laura m'apprend au téléphone que le président Kennedy est mort. Elle a peur d'une troisième guerre mondiale. Je ne vois pas le rapport, mais ça me fait quelque chose. Je vais voir Jackie et son tailleur taché de sang à la télévision chez ma tante Laura et j'achète le *Paris Match*. Non, il n'y a vraiment rien comme le *Paris Match* pour consoler, et c'est sûrement pour ça qu'on en trouve dans les salles d'attente des dentistes.

Je découvre la linguistique et les découpages maniaques de mots et de phrases. Les mots ont une histoire, tels des animaux familiers qui vivent et qui s'usent avec le temps et qui meurent. Tout cela me fascine et me repose de la littérature. J'en ai ras le bol des héroïnes romantiques. Elles finissent toujours par s'en sortir après avoir rencontré l'homme de leur vie. On ne sait rien de leur amour quotidien. Il nous reste entre les mains au dernier chapitre et il faut tout réinventer.

André m'a appelée pour qu'on aille faire une promenade dans le cimetière Côte-des-Neiges. Qu'est-ce qu'ils ont tous avec leur cimetière? J'ai accepté pour une fois. Je viens de finir les *Histoires extraordinaires* et les feuilles des arbres, à moitié tombées, sont illuminées par des rayons de soleil jaunes. Jaune sur jaune. Je suis contente de revoir André, et il me semble bien élégant parmi les glaïeuls, les chrysanthèmes et les monuments de granit. On marche l'un près de l'autre tout en parlant de nos études, de Noranda, de nos familles. Je parle d'Eddy et de Sandra, je me vide le cœur, et André reste un moment noyé dans son petit passé déjà encombré de déceptions. Il me dit qu'il a aimé Danielle Dusseault à la folie. On se tait sur ce qu'il aurait pu y avoir entre nous.

— Je me sens pas mal tout seul, mais j'étudie, et ça me passionne.

— C'est la même chose pour moi, tu vois.

J'ai répondu sans y penser et je vois qu'il a compris autre chose. Soudain, il me prend la main et m'invite solennellement à souper avec lui samedi prochain dans un grand restaurant.

— Je vais venir te chercher vers quatre heures.

— O.K.!

Il me serre dans ses bras. Sacré André, toujours au poste! Rendue à la maison, je veux le rappeler pour lui dire que j'ai changé d'idée, mais c'est la première fois que quelqu'un m'invite officiellement à souper. Puis j'ai envie de sortir un peu. Avec Eddy, tout se passait dans l'appartement et dans l'auto. Jamais il ne me faisait des invitations comme un vrai chum en fait à sa blonde steady. À part rouler ses r à l'anglaise, mesurer six pieds, avoir de beaux yeux bleus, faire l'amour comme un dieu grec, il ne fait rien pour me conquérir. Avec André, c'est autre chose. Il est un véritable chevalier servant. Après tout, André, en m'efforçant un peu, j'arriverai peut-être à l'aimer. Je fais une visite à ma tante Laura, qui me prête un petit tailleur vert très chic et un collier de cristal de roche.

André vient me chercher. Il me baise la main, comme on fait à une duchesse. J'éclate de rire. Il ouvre la portière de l'Acadian que son père lui a donnée en cadeau et qui sent le tapis neuf. C'est un beau jour d'automne, et les couleurs des arbres du mont Royal sont ramollies par un soleil faiblard.

— Je t'emmène au Berkeley. C'est là que mon père vient avec ma mère quand ils sont de passage à Montréal.

Puis il se met à me parler d'une exposition de Molinari qu'il vient de voir sur la rue Crescent.

— Molinari?

— Tu ne connais pas Moli? dit-il sur un ton de reproche qui me ramène quelques années en arrière, quand je le trouvais baveux.

— Non, je regrette.

— Voyons, c'est un grand peintre. Mon père a quelques tableaux de lui dans sa collection. Il dit que c'est un bon investissement.

— Un bon investissement?

— Ben oui, un jour, tu vas voir, ça va valoir une fortune.

— T'aimes vraiment ça?

— Non, mais c'est moderne et ça vaut cher.

André décide de parler d'autre chose. Il me trouve sûrement ignare, inculte.

La salle à manger de l'hôtel Berkeley est majestueuse. Sur les tables, il y a des nappes empesées comme des nappes d'autel, des fleurs naturelles avec des bougies. Un garçon de table, la serviette sous le bras, nous indique un coin très intime. Il m'appelle madame et me parle à la troisième personne. Un peu paralysée par tout ce décorum, assise juste en face d'André, je crois que je vais défaillir en voyant les fourchettes, les couteaux et les cuillères d'argent massif alignés de chaque côté de l'assiette de porcelaine.

— C'est du Limoges.

— Ah oui? Ma grand-mère en avait, dis-je, me rappelant les chicanes de testament qui avaient porté justement sur le fameux set de Limoges.

— Ah bon, tu connais ça?

— Ben oui.

Devant mon manque flagrant d'assurance André dit: «T'en fais pas. T'as rien qu'à me regarder pis à faire comme moi. Tu vas voir, c'est pas difficile.»

Je jette un coup d'œil au menu en forme de parchemin sur lequel il n'y a pas de prix d'indiqués. André commande le vin avec aisance, un pommard, parce que son père a dit que c'est le meilleur vin. Je me sens étourdie rien qu'à l'écouter me suggérer des plats que je ne connais pas: des escargots bourguignonne, un tournedos au poivre et un sabayon. Je dis simplement oui, ça va.

Chaque fois que j'ouvre la bouche pour manger ou pour boire ou pour parler, j'ai la certitude de commettre une erreur. Au dessert, mon ventre se met à gargouiller et une crampe me coupe en deux. J'ai à peine le temps de me rendre à la toilette. Mon repas passe tout droit. Je suis complètement épuisée, comme après une longue séance de travail. Je voudrais rester là, assise dans ce petit compartiment privé, pour le reste de mes jours. Mais je refais mon maquillage et je rejoins André qui triomphe au-dessus d'un café irlandais. Il m'offre un digestif, mais je fais comme si je n'avais rien entendu. Il n'insiste pas, à cause sûrement de mon teint qui verdit à vue d'œil. Il règle ostensiblement l'addition avec un billet de cinquante.

Sur le chemin du retour, enflammé par le vin, André n'arrête pas de commenter le repas. Chaque fois qu'il dit le mot « escargot » ou le mot « tournedos », la tête me tourne. Il passe par le belvédère du mont Royal où il stationne son Acadian. Il se met à m'embrasser de but en blanc pendant que je me concentre sur les lumières du centre-ville. Il ne se rend pas compte que sa main sous ma petite jupe verte ne me fait aucun effet. Mais j'ai trop mal au cœur pour lui résister.

Quand il me croit bien à point, il fait démarrer sa voiture et me ramène chez moi. Je veux lui dire au revoir devant la maison, mais en deux temps trois mouvements, il fait le tour de l'auto pour m'ouvrir la portière et m'aider à descendre. Il se sent le maître de la situation, comme un client qui a toujours raison et qui réclame sa marchandise, facture en main.

La tête me tourne encore plus. Je me laisse faire. Pour me débarrasser. Je me sens trop mal pour lui expliquer. Après s'être soulagé avec des grognements de satisfaction, il s'endort en ronflant. Il m'a prise comme pousse-café, c'est mon sentiment.

Je ne dors pas jusqu'au petit matin, et avant qu'il ne se réveille, je me lève, j'enfile mes jeans et je lui écris un mot : « Merci beaucoup, André, pour le bon repas. Je te souhaite du succès dans tes études. Ne me rappelle pas, s'il te plaît. »

Je sors prendre l'air et je marche jusque chez ma tante Laura, à qui je raconte ma soirée de long en large, sans oublier les crampes et les autres malaises. Cette soirée, bien moche au fond, devient tout à fait loufoque. Je reviens chez moi le soir, et, en entrant, je vois que le lit est fait. Sur la table, il y a un gros chrysanthème avec une note : « Adieu. »

C'est ça, *Farewell to Arms*. Non, maman, il n'y a rien à faire, je ne l'aimerai jamais, ce gars-là. Il a tout pour faire un bon chevalier servant, un bon mari, un bon n'importe quoi. Mais je ne peux pas m'empêcher de voir ses points noirs quand il m'embrasse. Rien à faire. *Deux tu l'auras* valent mieux qu'*un tiens*.

Marie-Claire a tout un réseau d'amants de transit. Parmi eux, il y a Olivier Thiers, un Français de grande famille. Elle dit que c'est un beau jeune homme qui est venu faire des études d'architecture à Québec. Il est tout le portrait (du moins c'est l'idée que je m'en fais) d'Olivier Hauteville, le fiancé de Brigitte dans les romans de Berthe Bernage. Il vient voir Marie-Claire toutes les fins de semaine. Pendant la semaine, elle héberge plutôt de grands professeurs européens qui font une tournée de conférences au Québec. Je ne sais pas comment elle s'y prend, mais elle s'arrange toujours pour qu'ils aboutissent dans son lit. Ensuite, quand ils sont repartis chez eux, en France, en Italie ou en Allemagne, elle me donne des détails intéressants sur leur femme, sur leurs enfants, sur la couleur de leurs chaussettes et sur l'état de leurs bobettes.

Marie-Claire trouve que son ami Olivier est moins expérimenté que ses amants européens. Les parents d'Olivier habitent en France et son père enseigne l'histoire de l'art aztèque à l'université d'Aix-Marseille. Marie-Claire est davantage séduite par l'idée du père d'Olivier que par Olivier lui-même, qu'elle trouve bien cute mais qu'elle n'aime pas plus qu'il ne faut.

De mon côté, après mes mésaventures avec Roger, Eddy et André, je veux prendre une pause dans la passion et les hommes. J'étudie, faute de mieux. J'ai hâte de gagner de l'argent et de voyager. J'étouffe à Montréal dans le bruit incessant et la saleté. Je n'en peux plus de ce ciel toujours coupé par les hauts buildings. J'aimerais voir l'horizon une fois de temps en temps. Il me semble que mon cerveau rapetisse. J'ai la nostalgie du ciel du nord parsemé de nuages qui ont l'air de sortir tout droit de la terre. L'odeur du bois, de la moque et des saules après la pluie me manque. Il me faut partir vers le nord.

Mais je ne veux pas retourner chez mes parents. Ma vie n'a plus rien à voir avec la leur. Je tiens à ma petite vie privée, à pouvoir amener quelqu'un dans mon lit de temps en temps. Pour garder la forme.

Hier soir, Olivier est arrivé à l'improviste chez Marie-Claire. Il tenait un bouquet de jonquilles dans ses mains, ce qui nous a bien émues toutes les deux. J'ai voulu partir, mais il a dit: «Non, reste.» On a commandé des cigarettes, de la bière et une pizza large all dressed. Vers la fin du repas qui s'éternisait, Olivier a dit à brûle-pourpoint:

— Je m'en vais en Europe samedi prochain pour six mois.

— Chanceux! a crié Marie-Claire.

— Oh oui! chanceux, ai-je dit timidement.

— Vous n'avez qu'à venir avec moi toutes les deux!

J'ai senti que Marie-Claire hésitait. Quant à moi, je n'osais rien dire parce que j'avais peur de la vexer en acceptant l'invitation. J'ai dit:

— Moi, j'pourrais y aller, mais j'pense pas que ça ferait l'affaire de Marie-Claire.

— Moi, si tu veux y aller, ça m'dérange vraiment pas, a répondu Marie-Claire.

Au fond, je n'attendais que cette permission bien involontaire pour dire à Olivier que ça me tentait beaucoup aussi d'aller avec lui en Europe. C'est plus excitant en tout cas que de retourner passer mon été à Noranda. Marie-Claire a ajouté :

— Moi, j'peux pas y aller, parce que j'ai pas une cenne qui m'adore. Vas-y, Claude, ça m'dérange vraiment pas.

Je les regardais tous les deux, me demandant ce qu'ils pensaient. Ils me regardaient eux aussi. Puis j'ai fini par m'entendre dire que ça me tentait plus d'aller en Provence que d'aller à Noranda. En l'espace de deux minutes, j'avais perdu le nord.

Je les ai laissés seuls un peu plus tard et, en traversant la rue pour rentrer chez moi, j'avais l'impression que ma vie changeait de cap.

Mon cœur bat très fort à la perspective de fouler les pavés de Paris, à l'endroit même où mes personnages de romans se sont aimés avec passion. Dans la clandestinité des voitures à chevaux. Je rêve. Toute la nuit, les chapitres de la *Comédie humaine* se succèdent dans ma tête en feu. Je me lève au petit matin sans avoir fermé l'œil.

Je pense tout à coup qu'on n'a pas parlé de date ni de rien de précis. J'ai trop bu, tout est foutu. Je sirote tristement mon café, je mange mes toasts refroidies. Le téléphone sonne. C'est la voix d'Olivier Thiers. Il veut me parler seule, une minute, et il arrive.

Je m'empresse de faire un miniménage dans ma pièce, fourrant tout ce que je trouve dans le fond de la garde-robe. Tout revole, et en un rien de temps, la pièce devient présentable en surface.

On frappe à la porte et le cœur me bat jusqu'aux genoux. C'est bien lui, Olivier, avec son petit sourire moqueur. Il s'assoit sur mon divan et me fait des compliments sur la façon ingénieuse dont j'ai décoré mon une-pièce. Il dit que l'atmosphère a un je ne sais quoi d'européen, ce qui me flatte au plus haut point. Puis il me parle du voyage, de ses parents qui ont fait le tour du monde et qui connaissent des gens partout. Ses mots semblent sortir directement d'un livre de poésie. Sa voix me séduit, mais je n'ose pas trop le montrer, à cause de Marie-Claire. Il sent mon malaise.

— Ne t'en fais pas pour Marie-Claire, dit-il. Tu sais, entre elle et moi, c'est plutôt de la camaraderie. Elle a ses aventures de son côté, puis moi, j'ai les miennes de mon côté.

— J'avoue que tout ça me chicote un peu. Je m'demande c'que j'fais dans tout ça.

— Non, t'en fais pas. Tout va s'arranger. Mes parents vont bien te recevoir. Quand tu viendras me rejoindre, on ira en Italie tous les deux. Quand penses-tu pouvoir venir ?

— Au mois de juillet, j'pense.

— On va décider de la date exacte si tu veux, parce qu'il va falloir que j'aille te chercher à Marseille.

Il déploie sur ma table encombrée une grande carte du sud de la France et de l'Italie. Avec sa voix de Claude Gauthier, il décrit le paysage, la maison de ses parents sur la route du Tholonet. Il appelle leur maison un mas. Un mas de Provence. J'essaie d'imaginer tout cela, mais pour moi, la campagne, c'est la forêt d'Abitibi, le lac Vaudray, avec ses bouleaux, ses sapins rabougris et ses épinettes. Mon père dit parfois que la campagne près de Notre-Dame-du-Nord ressemble à la campagne française, mais il n'est jamais allé en France. À mon tour, je décris à Olivier mon pays d'enfance et j'ai dû en remettre sur la couleur du ciel et la grandeur des pins blancs parce qu'à la fin il me dit : «Sais-tu que ton patelin ressemble drôlement au mien?» Mais lui, il n'est jamais allé en Abitibi. Quand il en parle, il confond Arvida avec Noranda. Pour lui, comme pour beaucoup de gens, le Québec est un magma de petites villes situées en dehors de Montréal.

Il me propose un itinéraire de Paris à Rome ponctué d'arrêts à Marseille, à Aix-en-Provence, à Milan et à Venise. Je lui fais entièrement confiance, il pourrait m'amener en Espagne ou à Tombouctou, j'irais en courant. La date de mon départ est fixée, et il me donne l'adresse de ses parents sur un bout de papier : Mas des Arcanes, route du Tholonet, Aix-en-Provence. Cette adresse me semble bien imprécise. En partant, Olivier me donne quelques baisers sur les deux joues, très à la française, et je me sens rougir. Puis il m'applique un grand baiser sur les lèvres, ce qui a pour effet d'irradier instantanément mon plexus solaire.

— Sois discrète avec Marie-Claire. Je compte sur toi, je t'attends.

Même installée dans l'avion pour Paris, je n'arrive pas à croire que j'y suis en chair et en os. Est-ce bien moi, cette petite fille à lunettes, originaire du Témiscamingue (mon père insiste toujours pour dire que Noranda est dans le comté de Témiscamingue et non dans celui d'Abitibi), qui va rejoindre le beau Olivier Thiers dans un mas de Provence? Je bois tout le champagne qu'on m'offre et je suis un peu pompette. Sous les nuages, les rues de Paris s'ouvrent au petit matin.

Ça n'a pas été facile d'annoncer la nouvelle à mes parents. J'ai procédé par lettre, comme dans les grandes occasions. Ma mère a pris sa plus belle écriture pour me donner toutes les recommandations d'usage: «Arrange-toi pour ne jamais être seule. C'est dangereux pour une fille de vingt ans de voyager toute seule en Europe. Il arrive tant de choses. Écris-moi souvent pour donner de tes nouvelles. Ta maman qui t'embrasse et qui t'aime.»

En descendant de l'avion au Bourget, une Américaine m'indique comment changer mes dollars en francs. Elle a un accent, mais comme elle a appris le français avec des professeurs français de France dans son université américaine, les Français la comprennent mieux qu'ils ne me comprennent. Elle est en transit vers la Suisse et elle me laisse partir seule, après m'avoir indiqué comment me rendre en car à Saint-Germain-des-Prés. Même si j'ai déjà pris le métro une fois à Toronto, je sens la panique me gagner. Au bout d'une demi-heure, à force de quémander des renseignements, je réussis enfin à savoir comment payer mon ticket et je prends la direction du boulevard Saint-Michel.

Avec mon énorme valise, je me promène dans Saint-Germain-des-Prés à la recherche d'un hôtel. Je dois m'arrêter à la terrasse d'un café pour manger quelque chose. Chaque fois que je dis une phrase, je me fais reprendre. Quand les mots sortent de ma bouche, ils prennent des allures de mots étrangers.

— Madame veut dire?

— Un sandwich au jambon et une bière.

— S'il vous plaît?

— S'il vous plaît.

— Madame veut dire?

— Un sandwich au jambon et une bière.

— Peut-être que madame désire un sandwich et un demi ?

— Non, juste un sandwich au jambon avec une bière.

Je reçois le sandwich seulement, et ça me prend un peu de temps à comprendre que le demi, c'est la bière. Quand je m'adresse à quelqu'un, je dois préparer ma phrase longtemps d'avance, comme si je m'exprimais en allemand ou en espagnol. Par moments, épuisée, je parle carrément en anglais. Souvent je fais des gestes ou je consulte mon dictionnaire anglais-français pour trouver des équivalents en français de France.

Finalement je tombe sur un petit hôtel où il y a de la place, Rue de Tournon. La propriétaire connaît des Canadiens et, parce qu'elle ne me reprend pas à chaque mot, elle peut me louer la chambre la plus minable pour le prix le plus élevé. Ce qu'elle fait d'ailleurs. Elle m'assigne une chambre sous les combles, au sixième étage, avec un lit bosselé, un tapis luisant, un couvre-lit douteux dont le fleuri s'harmonise plus ou moins avec celui du papier peint. En entrant dans la chambre, je m'effondre en larmes sur le lit. Je finis par m'endormir là, tout habillée, ma grosse valise encore bouclée à mes côtés.

Je crois bien que j'ai dormi vingt-quatre heures d'affilée. Je veux me laver. Je sors sur le palier pour chercher les toilettes afin de prendre un bain. Je les trouve au rez-de-chaussée dans le fond d'une cour intérieure. Pas de baignoire dans ces toilettes, qui sont turques. Pourquoi « turques » ? Le dictionnaire dit des toilettes turques qu'elles sont sans siège. Hygiéniques, parfaitement hygiéniques et monstrueuses. Il n'y a qu'une seule baignoire dans l'hôtel et, pour y avoir accès, il faut avoir la clé de la salle de bains et, pour avoir la clé de la salle de bains, il faut payer un supplément. Ce que je fais avec empressement, mais quand j'aperçois la baignoire toute cernée, je rebrousse chemin et je décide de me laver par travées, comme dit ma mère, en me servant du lavabo de ma chambre.

Je descends me promener dans Paris. J'emprunte des petites rues qui me semblent toutes pareilles. Je regarde les gens et je me sens portée par la rumeur de cette ville, par l'odeur du café et des gitanes. J'ai l'impression que je vais rencontrer Simone de Beauvoir ou Jean-Paul Sartre ou Juliette Gréco au coin d'une rue. Les Parisiens gueulent, me prennent à partie, me demandent mon avis. J'oublie tout, l'Abitibi, Ottawa, Montréal, Eddy, André, Olivier. Je suis au ciel, en chair et en os, au cœur d'une page de roman. J'aimerais être née Française. J'aimerais dire des mots, des phrases bien coordonnées, et que ça coule et que ça chante tout seul avec les bonnes conjonctions et les bonnes prépositions.

J'ai passé toute une semaine à Paris et je suis rassasiée du vert-de-gris du ciel. J'ai pris le train à la gare de Lyon à destination de Marseille. Les puces se sont régalées à même ma peau de nordique et je suis pleine de boursouflures. Pourtant, Dieu sait si je suis immunisée contre les mouches noires et les maringouins, qui s'approchent à peine de moi, même le soir dans le bois quand le vent tombe. J'essaie de me gratter le moins possible, c'est la consigne de mon père dans les cas de morsure, mais c'est plus fort que moi. J'ai des petites gales dans le visage. Je suis affreuse et j'ai peur qu'Olivier soit déçu quand il viendra me chercher à la gare de Marseille.

Le train est rapide. Sa rapidité dépasse de beaucoup, en tout cas, les vitesses additionnées du CNR, du CPR et de l'ONR. Tout ce que je vois, c'est des poteaux qui ponctuent le quadrillage des champs entre les villes. Géométrie parfaite. Pas un pouce carré n'a été laissé en friche; il n'y a plus rien à faire ici, tout est installé, organisé et hiérarchisé depuis la nuit des temps.

En face de moi sur la banquette, des Italiens parlent fort et ils rient beaucoup en me lorgnant. J'entends le mot signora et je crois qu'ils font des blagues sur moi, sur mes lunettes ou sur mes piqûres de puces. Leur panier d'osier est plein de saucissons, de vin rouge et de pain, comme dans les films de Renoir. Ils m'invitent gentiment à partager leur repas. Ils me posent des questions en anglais sur le Canada, me demandent si je connais un tel ou une telle, cousin ou cousine de Saint-Léonard. Comme à Montréal, quand les gens apprennent que je viens d'Abitibi et qu'ils me demandent si je connais Nicole Leblanc de Sainte-Rose-de-Poularies.

Je prends des lampées de gros rouge à même la bonbonne qu'ils font circuler. Je leur confie que je vais rejoindre mon «fiancé» à Marseille.

Entre Avignon et Marseille, on a si bien bu qu'ils m'invitent à aller les voir chez eux, à Rome, avec mon fiancé. Ils me donnent l'adresse d'un cousin à Venise qui y tient une auberge. Tout le monde m'embrasse chaleureusement avant que je descende du train, et c'est un peu pompette que j'arrive à Marseille.

Olivier m'attend à la gare, souriant, un petit bouquet de coquelicots dans ses mains. Il dit:

— Veux-tu voir un peu la Méditerranée?

— Ben oui, ben oui!

Il a emprunté l'auto de son père, une deux-chevaux. Il a l'air de se demander dans quoi il s'est embarqué. Moi, je suis si heureuse que je me mets à chanter le *Petit navire sur la mer Mé-Mé-Mé...*

— Mes parents ont hâte de te rencontrer, dit Olivier.

— Ah oui?

Je trouve qu'on a l'air de vrais fiancés parce que c'est la première fois qu'un gars m'emmène chez ses parents.

On mange une bouillabaisse dans le port de Marseille. Je suis folle d'être venue comme ça à la rencontre d'un inconnu. Il me parle de ses parents, je lui parle des miens. On commence à zéro, et, au dessert, il connaît ma vie antérieure. Mon père, ma mère. Eddy, André, Roger, et même le grand Pierre-Paul. En disant tout, j'espère qu'il va me parler de Marie-Claire, de ses autres blondes. Mais non, il en reste à Jacques et Jacqueline, ses parents qu'il appelle toujours par leur petit nom.

On se promène ensuite main dans la main le long des boutiques et des entrepôts. Il s'est attardé à une vitrine. Je continue seule et, sans m'en apercevoir, je prends la main d'un autre homme qui se promène par là. La texture de sa paume est calleuse, et je retire ma main en m'excusant. Olivier court derrière moi, craignant qu'il me soit arrivé quelque chose. «Je ferais mieux de te surveiller de plus près sinon je vais te perdre», dit-il sur un ton un peu blagueur. Puis il me serre la main très fort, et je sens qu'il veut que je lui appartienne.

Olivier n'arrête pas de m'expliquer les Français et la France de A à Z. Il connaît tout. Il a un petit accent du Sud, un peu comme celui de Fernandel quand il lit

La Chèvre de monsieur Seguin, sur le disque des *Lettres de mon moulin*. On a pris la route de Cassis afin de chercher un endroit pour passer la nuit.

On trouve assez rapidement une auberge à fleurs qui donne sur la mer, un peu plus loin en allant vers La Ciotat. La mer célèbre, celle des batailles navales de mes livres d'histoire, s'étale devant moi dans l'or du couchant. Je ne la trouve pas vraiment plus grande que le lac Abitibi. La lumière si bleue dans les pins blancs me rappelle celle du lac Vaudray quand, en plein milieu du mois de juillet, ma mère dit que la journée est parfaite.

La plage est pleine de galets. Moi qui croyais qu'une plage de mer était de sable. C'est beau, mais pas du tout comme les photos de Brigitte Bardot dans le *Paris Match*.

Dans la chambre, jolie et propre, il y a une vraie salle de bains avec une douche et de l'eau chaude. Je m'y précipite pour laver toute la crasse de cette semaine passée à Paris. Quand je sors de la salle de bains, Olivier a déjà déboutonné sa chemise blanche qui contraste avec sa poitrine toute bronzée. Nos peaux se rejoignent naturellement, et on part aussitôt pour l'infini sauvage de notre première nuit d'amour. On s'endort, on se réveille, on recommence à se caresser, tout va de soi, comme si on allait à la recherche de notre premier souffle.

Le matin se lève sur nos draps froissés et on prend le petit déjeuner à la française : trempette de baguette et marmelade, grand bol de café au lait. Voilà, m'sieu dame. Merci. Y pas de quoi. Tout est ancien et nouveau. Je suis un passage de roman étranger.

Sur la route en direction de la montagne Sainte-Victoire, on emprunte des chemins en lacet et des cols qui débouchent sur des paysages aériens. Les maisons sont toutes de la même couleur, saumon pâle, avec des toits de tuile rouille. Olivier m'explique la différence entre les mas, les bastidons et les bergeries. Je suis bien loin des bungalows, des cottages et des triplex.

Jacques et Jacqueline sont des gens plutôt ridés. Ils sont petits, ont le teint foncé et ils se ressemblent tellement qu'ils ont l'air d'être frère et sœur. C'est ce qui m'a frappée le plus quand je les ai vus venir à notre rencontre sur la route du Tholonet. Un bouvier des Flandres presque aussi grand qu'eux les accompagnait. Ils étaient contents de nous voir et j'ai senti tout de suite qu'ils approuvaient le choix de leur fils. La mère d'Olivier a préparé le repas et tout est comme dans un livre de recettes françaises : pissaladière, daube, clafoutis. Rosé de Provence. Nappe à carreaux. Ail, ail, ail. Les odeurs me soûlent. Le père d'Olivier parle beaucoup et très fort. D'art aztèque seulement. Parfois, Jacqueline essaie de dire une chose ordinaire comme : « Vous avez fait un bon voyage ? » mais Jacques la rabroue en disant : « Voyons, Jacqueline, n'entre pas dans les détails. »

Je voudrais bien entrer dans les détails justement, parler simplement de choses et d'autres, mais comme je ne connais rien à l'art aztèque, je me contente d'écouter intelligemment.

La politique française arrive sur le tapis. Jacques critique tout, les gaullistes, les communistes, les socialistes. Je lui demande : « Mais vous, monsieur Thiers, de quel parti êtes-vous ? » Il répond avec son fort accent marseillais : « Mais moi, madame, vous saurez que je suis anarchiste.» Puis en se retournant vers sa femme, il dit en riant : «Quel accent elle a, cette petite. On dirait qu'elle est du Poitou.» Il me regarde dans les yeux et il continue : «Parlez un peu, mademoiselle, que j'entende votre accent.»

Je rougis et je ne sais pas quoi dire. D'autant plus que je n'arrive pas à comprendre comment quelqu'un peut être à la fois riche et anarchiste. Je n'ai pas connu beaucoup d'anarchistes, mais il me semble qu'il sont tous révolutionnaires et pauvres. En tout cas ils ne sont pas professeurs d'université et surtout pas propriétaires d'un mas en Provence. Même pas d'un bungalow à Noranda-Nord. Les riches que je connais sont tous associés de près ou de loin au Parti libéral ou au parti de l'Union nationale. Je continue donc à me taire. Puis Jacqueline place un timide : «Peut-être qu'ils sont fatigués, ces petits. Si nous allions nous coucher.» À ma grande surprise, Jacques ne rouspète pas ; il dit simplement d'un ton las : «Tu as raison, Jacqueline, allons nous coucher.» Je veux aider Jacqueline à desservir la table, mais elle dit : «Non, laissez, ma femme de ménage viendra tout ranger demain matin.»

La maison est grande, et il y a au moins six chambres à coucher à l'étage. Je m'attendais à me séparer d'Olivier pour la nuit, mais Jacqueline a préparé un seul lit pour nous deux. Je trouve que la mère d'Olivier est bien en avance sur ma mère dans ce domaine. Jamais ma mère n'offrirait le même lit à des gens non mariés, ça ne se fait pas. Je dis à Olivier :

— Ta mère est bien *sport*.

— Tu veux dire qu'elle a l'esprit ouvert?

— Ben oui, j'aurais jamais pensé qu'on dormirait dans la même chambre.

— Mes parents sont des libres penseurs. Pour eux, toutes ces pudibonderies sont des détails.

— Ah bon! Je t'avertis que si tu viens chez moi en Abitibi, on a besoin d'être mariés en bonne et due forme si tu veux qu'on couche dans la même chambre.

Olivier tique quand je prononce le mot «mariés», mais il n'ajoute rien. Moi non plus. Je m'endors dans ses bras, après une séance d'amour chauffée à blanc par le soleil du Midi, entre le silence et les cris des grillons.

Je me réveille en sursaut. Il fait clair, c'est le petit matin. Jacqueline crie. Jacques crie encore plus fort. «Espèce d'imbécile, va te faire foutre!» «Ton café est infect.» «Tu peux bien partir si tu veux, j'aurai enfin la paix.» «Tu as sauté ton étudiante, j'en ai la preuve.» Je ne sais plus qui dit quoi. Les paroles me parviennent sur un fond sonore de bris de vaisselle et de jappements de chien.

Je dis à Olivier:

— Fais quelque chose, y vont se tuer, tes parents.

— T'en fais pas, c'est tous les matins comme ça. Ma mère se lève de mauvais poil.

— Mais c'est épouvantable, y faut faire venir la police, y se battent, y vont se tuer.

— T'en fais pas, t'en fais pas, j'ai dit. Pour eux, c'est normal. Essaye de dormir encore un peu, le temps qu'ils se calment.

— J'peux pas me calmer, j'peux dormir encore moins.

J'éclate en sanglots. Olivier me prend dans ses bras.

— Il va falloir que tu t'habitues. Ils sont toujours comme ça le matin.

— J'peux pas supporter ça. Allons-nous-en.

— Bon, ça va, on partira cet après-midi, si tu veux. Tu vois, ils sont déjà calmés. Ils sont probablement en train de baiser. On dirait que ça les excite de s'engueuler.

On descend une demi-heure plus tard dans la cuisine, et Jacqueline est toute souriante. Jacques lit tranquillement son *Monde* en buvant son café au lait.

— Bonjour, mes agneaux. Vous avez passé une bonne nuit? dit Jacqueline en faisant un clin d'œil à son mari.

— Oui, maman, répond Olivier en l'embrassant.

— Quel est votre itinéraire, Claude? Olivier m'a dit que vous partiez en Italie, n'est-ce pas?

— Oui... mais je croyais que tu viendrais avec moi, Olivier.

— Ah oui? C'est vrai qu'on en avait parlé comme ça. Pour moi, c'était seulement une possibilité. Tu tiens vraiment à ce que j'aille avec toi en Italie? À vrai dire, ça ne me tente plus tellement. J'ai plutôt envie de rester ici à me reposer. D'ailleurs, je dois rentrer à Montréal plus tôt que prévu.

— ...

— Eh oui! Imagine-toi donc que je me suis trouvé du travail dans mon domaine à Montréal.

— Bon... je suis ben contente pour toi.

— T'inquiète pas, j'irai te reconduire à la gare de Marseille. T'inquiète pas. Puis on se reverra à Montréal à ton retour. Dans un mois, je pense?

J'ai les yeux dans l'eau. L'Italie amoureuse que j'ai toute imaginée depuis deux mois s'évanouit, et je n'entends plus rien. Je retournerais tout droit à Noranda. Je me donne quand même une contenance pour dire: «Est-ce que je peux rester ici une journée de plus?» Je monte à ma chambre en retenant mes larmes. Puis je m'effondre. Olivier ne vient pas me rejoindre.

Ce matin, Olivier me reconduit à Marseille, juste à temps pour le train de huit heures. Ses parents dormaient encore quand on est partis dans le rose de la route bordée de grands pins noirs. Je n'ai pas pu les saluer. Olivier me fait toutes sortes de recommandations du genre de celles de ma mère: «Ne parle pas à des inconnus. Avec les Italiens, il faut faire attention, ils sont des chanteurs de pomme professionnels. Des Casanova. Des Don Juan.» J'ai envie de lui répondre: «Mais si t'as si peur que ça, viens avec moi.» Mais je n'ose pas et je monte toute seule dans le train en direction de Venise. Ça n'a pas de sens d'aller toute seule dans cette ville d'amoureux en gondoles. Je suis comme dans un *no man's land* et je me laisse porter par les événements.

J'essaie de lire *Le Rouge et le Noir*, mais le cœur n'y est pas. Qu'est-ce qui m'a pris de partir comme ça sur un coup de tête pour aller faire un semblant de voyage de noces avec un homme que je connais à peine? Tu es vraiment folle, Claude Éthier, vraiment folle, et Coco a raison sur toute la ligne. Passé Milan, un monsieur très bien en complet-veston me demande la permission de s'asseoir près de moi. «*Prego*?» «*Si, si, signor.*» Il parle bien l'anglais et s'appelle Roberto. Ses moustaches vont bien avec ses yeux très noirs. Sa voix est exactement comme celle de Rossano Brazzi, ornée d'un peu de velours au bout des phrases. Il me fait penser à Eddy. Il y a longtemps que je n'ai pensé à Eddy. Je me demande bien ce qui lui arrive. J'ai le goût de lui envoyer une carte postale d'Italie, juste pour le faire baver. Mais je n'ai pas son adresse.

— *But why do you travel alone*?

Cette question, c'est la seule qui tourne en rond dans ma cervelle depuis deux jours. Je dis comme ça, sans y penser : « *Because my fiancé has to work.* » Roberto n'a pas l'air de comprendre. Et après tout, pourquoi une femme ne voyagerait-elle pas toute seule ?

Il parle. Du Canada. De l'Italie. Je l'écoute et je le trouve séduisant. Je n'ai jamais couché avec un homme marié, et ça m'intéresse de voir de plus près ce dont Marie-Claire parlait. Quelle est donc cette expérience tant décriée et tant convoitée ? Il s'assoupit à un moment donné. Je fais semblant de m'assoupir moi aussi. Il me prend par la taille dans son pseudo-sommeil, et je me laisse faire. À la fin de l'après-midi, on arrive dans l'or de Venise. Là, devant la lagune, Roberto me dit ce que je voulais entendre :

— *You have a room for tonight*?

— *No, I'll see.*

— *Well, you can have my apartment if you want. My wife...*

— *No, thank you.*

Pourquoi ai-je dit non, comme ça, alors que je voulais dire oui ? En y pensant bien, je préfère être seule, réfléchir un peu à toute cette histoire. Je ne réfléchis pas assez et je me mets toujours les pieds dans les plats.

Toutes les phrases célèbres de ma mère me parviennent en même temps, sèches et lapidaires, comme des formules de carte postale. « Attention à ta santé, ne parle pas aux étrangers », et le reste et le reste.

Je salue Roberto qui se montre moins galant et je descends du train. Je monte dans un canot à moteur.

Ce n'est pas tout à fait l'idée que je me fais d'une gondole, mais en entrant dans Venise, je vois des gondoliers au chandail rayé, qui chantent le vrai *O sole mio* avec une voix à la Mario Lanza et non pas *Prends ma jeunesse* comme dans *La Bonne Chanson*.

Je me promène dans les dédales des rues d'eau verte. Je suis perdue, perdue. Finalement, j'arrive devant une petite auberge qui a l'air d'une vraie maison, très belle, avec des boîtes à fleurs sous les fenêtres. À l'intérieur, c'est blanc et propre, et on oublie tout de suite qu'il y a de l'eau sous nos pieds. L'aubergiste est gentille et me conduit à ma chambre. Je me couche, fourbue, dans le *letto matrimoniale*, et je m'endors sur le qui-vive, croyant à chaque instant que la clé tourne dans la porte et que je vais me faire violer. Mais non! La nuit est bonne pour moi et, au réveil, le *caffè con latte* me remet sur le piton. Il n'y a rien comme une bonne nuit de sommeil. On voit la vie différemment, je le sais par cœur, ma mère me l'a tellement répété.

Je consulte souvent mon dictionnaire italien-français et les commerçants sont ravis de voir que je m'efforce de parler leur langue. Je passe ma journée dans les églises, et à la fin j'en ai assez. À Venise ou ailleurs, elles ont beau être architecturales, les églises restent des églises. Je me sens crouler sous la civilisation, sous la religion et sous les doges de Venise. Chaque fois que je vois le mot «doge» je pense aux Dodgers de New York. Ou de Milwaukee... je ne sais plus, je demanderai à Coco. C'est plus fort que moi, j'ai besoin d'air, j'ai besoin de neuf. Vite le train pour Paris, l'avion pour Montréal, l'autobus pour l'Abitibi.

J'ai la tête pleine d'images vénitiennes. Pas seulement des pigeons, des doges, des Canaletto et des gondoles, mais des petits diables remplis de fruits, de légumes, de fleurs, des sourires de femmes, des jeux d'enfants et des clins d'œil du soleil qui se couche sur une eau-forte.

Seule, je ne suis jamais seule. Quelqu'un, toujours, vient s'asseoir près de moi pour me raconter sa vie en anglais de niveau 1. Au fond, les histoires sont toutes des histoires d'amour.

J'ai envoyé plusieurs cartes postales à Olivier. Je ne lui ai parlé que d'architecture et de peinture. De toute façon, le reste ne l'intéresse pas. Il m'a écrit deux longues lettres, poste restante, pour me dire à quel point il avait envie de me revoir, qu'il avait du mal à se passer de moi et le reste. Les petits dessins qu'il a faits au bas de ses lettres m'ont émue plus que ses mots, que je trouve préfabriqués. Je n'arrive pas à franchir la distance entre sa peau et ses mots.

De retour à Paris, je trouve la vie plus dure. Mon accent, mon terrible accent canadien contre lequel je ne peux pas grand-chose, fait enrager ou rigoler les Parisiens. Je me sens vraiment la dernière des dernières chaque fois que je demande un renseignement ou que je commande quelque chose au restaurant. J'ose à peine ouvrir la bouche, me contentant de parler par signes comme le font les sourds-muets. Ça gâche mon plaisir, parce qu'à part les Parisiens qui me reprochent mon accent, tout m'intéresse à Paris : les Parisiens «corrects», les quais pleins de livres introuvables à Montréal, le Louvre, le Jeu de Paume, les cafés, l'odeur de la gitane, les boutiques. Il me reste un peu d'argent, et j'en profite pour acheter des livres de poésie et des romans, qui sont bien meilleur marché qu'à Montréal.

Puis je retourne au Bourget avec une valise en sus,

remplie de livres pour moi et de souvenirs pour les autres. Je regrette de quitter l'Europe parce que j'ai aimé m'y sentir libre et seule, me baigner dans les décors des romans que j'ai lus depuis ma petite enfance, mais il me manque la luminosité crue du ciel d'Abitibi, les espaces inhabités. Il me manque une vie à vivre. C'est presque la fin d'août, et je dois me trouver du travail pour rembourser ma tante Laura qui m'a avancé de l'argent pour faire mon voyage. Je lui dirai que tout était parfait, et elle sera contente.

À Dorval, Olivier est là, avec un petit bouquet de pensées. Il a l'air heureux de me voir et il me propose d'aller habiter chez lui, dans son nouvel appartement de la rue Coronet. Je dis oui et je monte dans sa Volkswagen bleue toute déglinguée qu'il vient d'acheter pour une bouchée de pain.

Son appartement est sombre, car les fenêtres sont à peine plus grandes que des meurtrières. Tous les meubles sont anciens et austères, sauf le lit, qui n'est qu'un matelas à même le plancher de bois. C'est samedi, et on veut passer le reste de la fin de semaine au lit. Olivier me demande tout le temps si je l'ai trompé en Italie, mais je lui réponds en riant que je n'en ai même pas eu la chance. Puis il se décide à me poser la bonne question : «Prends-tu la pilule anticonceptionnelle ?»

— C'est le temps que tu t'en inquiètes. Qu'est-ce que tu ferais si j'te disais que j'la prends pas ?

— Je suis certain que tu es une fille responsable et que tu ne me jouerais pas de vilain tour, hein, ma petite Claude ?

— T'en fais pas, j'la prends, j'la prends.

J'oublie de la prendre parfois, mais je ne le lui dis pas. Je me le dis à peine à moi-même pour ne pas vivre dans la peur d'être enceinte. Mais ça me prend à la gorge parfois, cette peur, comme l'idée de la mort en plein cœur de la nuit.

Je dois me chercher du travail, mais avant je veux aller voir mes parents et mes frères à Noranda. Olivier me propose de m'y amener pendant le congé de la fête du Travail.

— Je t'ai fait rencontrer mes parents, tu peux bien me présenter les tiens.

— Si tu veux, mais je t'avertis que c'est très loin, pis que l'Abitibi, c'est pas le Lac-Saint-Jean, pis encore moins la Provence.

Vendredi soir. On part dans la Volkswagen bleue avec notre tente et nos sacs de couchage. Olivier n'est jamais monté plus haut que Val-David, qu'il trouve au bout du monde. On file sur la grand-route, puis vers neuf heures, on arrive à Grand-Remous. L'odeur du Nord arrive jusqu'au fond de mes poumons sans que j'aie besoin de respirer. C'est ça le Nord, on n'a pas à chercher l'air, il s'agit de relever la tête, et il nous atteint comme si on nous plaquait une bonbonne d'oxygène en plein sur la bouche. Ça grise. Je n'arrive pas à faire partager ma joie à Olivier, qui commence à être pris de panique en regardant la carte routière de plus près.

— Il n'y a plus de villes pendant des kilomètres et des kilomètres. Il faut qu'on installe notre tente. Il fait déjà nuit et c'est froid comme en hiver.

— T'inquiète pas, il y a un terrain de camping pas loin, de l'autre côté de la barrière, pis si tu trouves ça trop froid, on peut coucher dans une petite cabine.

On passe devant le camping du lac de la Vieille et je vois dans les yeux d'Olivier qu'on n'y installera pas notre tente. On continue un peu plus loin et on prend une cabine au Domaine. Je dis à Olivier :

— Tu sais, on a à peine la moitié du chemin de fait.

— C'est idiot de faire un tel voyage en deux jours. On sera à peine arrivés qu'il faudra repartir. Tu aurais dû me dire ça avant de partir. Avoir su…

— Tu savais que c'était quatre cents milles, voyons, Olivier.

— Idiote, tu aurais dû me dire que ça prenait dix heures pour y arriver.

— Tu savais ben que c'était quatre cents milles, six cents kilomètres, Paris-Avignon, Montréal-New York…

— Va te faire foutre avec ton humour à la con.

— Eh ! fais pas ton petit Jacques. J'm'appelle pas Jacqueline.

Ç'a été plus fort que lui, il m'a giflée. Je me suis tue et je me suis retournée dans le lit, me disant que c'était fini entre nous. Je ne pleurais même pas. C'est fini entre nous, un point c'est tout. Je ne veux plus lui adresser la parole.

La nuit est froide, les huards hurlent sur le lac. Je me colle une dernière fois contre Olivier, et on fait l'amour comme des sauvages. Je n'arrive pas à dormir parce que j'ai un peu peur qu'il me tue. Je me dis que je suis folle, mais je suis incapable de me contrôler. J'attends le matin.

Olivier essaie de faire un feu dans la truie. Il n'arrive qu'à faire de la fumée. Je lui propose d'essayer, mais il refuse. Il a son orgueil de mâle. Je sais faire du feu, c'est une chose que mon père m'a apprise très jeune. Finalement il abdique et, piteux, il me laisse la place. Ça marche et, au bout d'une demi-heure, il y a assez de braise dans la truie pour qu'on fasse griller du pain.

Olivier trouve ça sauvage. Moi, l'odeur des toasts et du feu de bois me réchauffe le cœur.

On reprend la route. On ne parle pas de ce qui s'est produit hier soir. On ne parle pas du tout. Je bois les paysages qui m'arrivent comme des cadeaux. Les barrages ont noyé les épinettes qui émergent de la rivière des Outaouais comme des totems. La route est droite, droite. On dirait qu'au bout , elle entre dans le ciel. C'est ma notion à moi de l'infini.

Vers midi, la Volks réussit à gravir la côte de Joannès et, au loin, les cheminées de la mine Noranda crachent un tas de gros nuages dans le ciel trop grand.

Mes parents et mes frères sont tous rassemblés pour mon arrivée. Ça fait plus d'un an que je les ai vus. Momo a grandi et s'est mis sérieusement à la guitare. Lulu est presque un homme et il fait de la musique de plus en plus. Bernard va beaucoup mieux, mais il reste avec une mélancolie dans les yeux. On dirait que son accident l'a fait vieillir de dix ans en quelques mois. Il me dit qu'il s'est inscrit en psychologie à l'université, qu'il part à Montréal dans quelques jours. Coco, quant à lui, en avait assez du collège et il travaille pour une compagnie d'électricité. Il s'est marié pendant l'été. Un vrai mariage. Il paraît que c'était bien émouvant. Ma mère a touché l'orgue pour l'occasion, mon père a chanté. Le curé a même donné une autorisation spéciale pour que Momo joue de la guitare classique pendant la communion. Tout le monde dit que j'aurais dû être là.

La maison me semble plus grande, parce que presque tout le monde est parti, sauf Maurice. Lucien est pensionnaire dans une école de musique et il ne vient presque jamais à la maison. Mais il est là ce soir avec sa guitare. Mon père a creusé la cave pour faire un vrai sous-sol comme tout le monde. La musique est descendue en bas avec les chambres des gars.

En haut, ma chambre est devenue une chambre d'invités. Ma mère l'a toute décorée, tentures, lit double en noyer massif et commodes assorties. Je me demande comment elle a planifié la nuit prochaine, c'est-à-dire dans quelle chambre je coucherai, si je coucherai seule, si je serai invitée dans ma chambre avec Olivier ou s'il va dormir au sous-sol, dans une des chambres de gars devenue vacante à cause du mariage de l'un de mes frères.

Je n'ai même pas besoin de poser la question parce que ma mère s'empresse de dire que ma tante Alphonsine a offert sa chambre d'amis à Olivier. Il y sera plus à l'aise, dit-elle.

Ma mère est heureuse de me voir et me parle sans arrêt de la femme de mon frère, de ses sœurs, de leurs maladies, de mes cousines, de mes cousins, que j'ai un peu de mal à replacer dans ma mémoire. Je regarde Olivier, qui ne comprend rien et que mon père veut intéresser. Olivier, quant à lui, se plaint de la longueur du voyage, de la fatigue et de l'aridité du paysage. Mon père, pour le consoler, lui raconte qu'il est venu de Notre-Dame-du-Nord à Noranda, avec son père, bien avant qu'il y ait une route, et qu'il a voyagé deux jours en canot, en faisant de nombreux portages. Olivier, les yeux écarquillés, cernés de fatigue, se demande sûrement s'il s'est trompé de pays, de ville, de maison ou de planète.

Le dîner est bon comme dans les grandes occasions.

Ma mère a sorti sa nappe brodée, son argenterie, sa vaisselle de porcelaine et son cristal. Bernard est accompagné de sa blonde steady, Gisèle, une petite blonde décidée qu'il embrasse à pleine bouche dès que ma mère a le dos tourné. Coco s'est amené avec sa femme, Barbara. Elle est polonaise. Elle est belle et, comme elle est enceinte jusqu'aux oreilles, ses yeux sont agrandis et sa bouche gonflée. Elle parle français avec un accent anglais et souvent elle dit quelques mots ou quelques phrases en anglais. Quand elle s'adresse à mon frère, elle parle en anglais seulement.

Je le regarde attentivement. Il a à peine vingt ans et sa vie est déjà toute tracée, droite comme la route 117 entre Dorval Lodge et Louvicourt. Dans un éclair, je passe en revue sa maison, ses meubles solides, ses enfants, son chien, son chat, son sous-sol, sa télévision. Je regarde Olivier et je me vois dans ces roulières de la vie.

J'ai apporté du vin, et les yeux se mettent à pétiller. Tout le monde parle en même temps, dit n'importe quoi, dans n'importe quelle langue. Je suis heureuse de les revoir tous. Ils font les mêmes blagues qu'avant et se mettent à chanter soudain, à raconter des histoires et à dire que c'est bon d'être ensemble. Je les aime tout à coup. Un grand courant de chaleur me traverse de bord en bord et je sens mes yeux se mouiller. Tout le monde, j'en suis sûre, pense que bientôt on ne se reverra presque plus, mais personne ne dit quoi que ce soit.

Vers la fin de l'après-midi, Olivier comprend qu'il n'a rien à faire autour de cette table, qu'il ne comprendra jamais la folie du cœur. Il se lève, s'excuse à peine et je le suis dehors.

— Il faut que je parte.

— Y faut qu'tu partes? T'es fou, tu viens d'arriver.

— Viens-tu avec moi?

— Non, j'reste quelques jours.

— Viens-t'en, sinon c'est fini entre nous. J'peux pas les blairer, tes frères.

— Non, je reste.

Il descend les escaliers devant le soleil qui flambe. Il hésite un instant, puis il ouvre le coffre avant de sa Coccinelle. Il en sort ma petite valise noire et la dépose sur le trottoir. Il me regarde à peine, puis il prend le volant et démarre en trombe.

Je reste seule sur le trottoir, ma valise à mes pieds. Je pense à Eddy, je pense que je devrais lui parler, comme il a fait lui-même quand sa mère est morte. C'est le seul qui pourrait me consoler.

Je remplis mes poumons d'air encore une fois et je retourne dans la cuisine qui bouillonne de rires et d'affection. Je reprends ma place dans le brouhaha. Personne n'a relevé le départ d'Olivier, et je pense que c'est bien ainsi, que je suis bien toute seule parmi ces phrases à haute voix. Mon père dit à ma mère:

— Honey, joue-nous *Plaisir d'amour* avant souper, on va te chanter ça.

— Lulu, prends ta guitare, dit ma mère en faisant tourner son banc de piano. Pis toi aussi, Momo.

On se lève tous pour chanter en se distribuant les tonalités. Je pense encore à Eddy. Je pense aussi à Olivier, parti dans le soir. Il doit être rendu à Cadillac ou à Malartic.

On soupe ensemble et on continue de fêter entre nous. Coco a beaucoup changé depuis l'accident de Bernard. Il a perdu son côté tyran. Il va même jusqu'à dire qu'il est vraiment content de me voir pour me présenter à Barbara. «Depuis le temps que j'entends parler de toi, a-t-elle ajouté, t'es comme un mystère dans la famille.»

— Ben oui! dit ma mère, le temps passe ben vite. Claude est partie de la maison, pis on s'en est même pas aperçus. On s'est jamais aperçus qu'elle était là quand elle était p'tite tellement qu'elle faisait pas de bruit.

Je pense à Bernard, qui n'avait presque pas d'existence avant son accident. Je pense à mes cours d'histoire, à tous ces noms de villes qu'on n'aurait jamais connus sans les catastrophes: Nagasaki, Pearl Harbour, Dachau. Faut-il un drame pour qu'on existe?

Ma mère ne comprend pas pourquoi Olivier est parti sans lui dire bonjour. Elle répète: «C'est ben les Français, ça, y sont ben mal élevés.» J'essaie de la calmer en lui disant qu'il est seulement venu me reconduire et qu'il avait prévu repartir aussitôt. Puis à brûle-pourpoint, mine de rien, je demande des nouvelles de Sandra. Après un petit silence, Barbara, la femme de Coco, dit qu'Eddy et Sandra étaient définitivement séparés. Ma mère me regarde:

— Tu vois bien, Claude, que ce gars-là valait pas grand-chose.

— Pourquoi tu dis ça, maman? On sait pas c'qui s'est passé.

— Ça marche jamais, ces mélanges-là...

Tout le monde la regarde avec de gros yeux. Coco, Barbara. Elle se rend compte qu'elle vient de faire une gaffe, puis elle va se reposer toute seule dans le salon: «Couchez-vous pas trop tard, pis fermez toutes les lumières.»

Je sors prendre l'air un peu. Il reste une pointe de

soleil couchant, une larme de feu dans le ciel du Nord. Toute cette beauté violette et sauvage m'atteint. J'ai du mal à retenir mes larmes. Qu'est-ce que je fais ici, dans le désert?

Je rentre à la maison quand il fait nuit. Bernard me dit qu'il est devenu très ami avec Eddy. Ils font de la guitare ensemble et ils jouent du rock'n'roll dans des bars de Rouyn. Bernard est tout feu tout flamme. Il me parle gentiment devant Coco, sans avoir peur d'être ridicule. Eddy est à Noranda pour l'été et, en septembre, il retournera à Montréal poursuivre ses études de médecine.

— Eddy va venir pratiquer à soir.

— Où ça?

— Icitte, dans le sous-sol, comme d'habitude. Y sait que tu arrives aujourd'hui avec ton chum.

— Y sait pas que mon «chum» est déjà parti, par exemple.

Je veux revoir Eddy de toutes mes forces et tant mieux si je n'ai pas à l'appeler. Je pense à Olivier, je le vois dans le parc La Vérendrye au volant de sa Volks. C'est la nuit, il est furieux, mort de fatigue. Je suis inquiète et je me sens coupable de l'avoir laissé partir. Puis je pense à Eddy que je vais revoir. Je me demande ce que je vais lui dire. Je me répète des phrases toutes faites, comme celles qu'on lit dans les romans ou qu'on entend dans les films à grand déploiement. On se sautera dans les bras, c'est sûr. Il y aura une musique de fond genre *Liebestraum* et il dira: «Mon 'tite Claude, mon 'tite Claude.» Le temps de répondre, et il m'aura donné un majestueux baiser.

Ma mère salue à peine Eddy quand il arrive chez nous. Je le suis avec Bernard et Lulu au sous-sol. Il est un peu timide. Ce n'est pas son genre, vraiment pas son genre. Je ne lui dis même pas «Bonjour, Eddy», encore moins toutes les phrases que j'ai préparées. Il me sourit et il s'approche de moi dans les marches pour me faire une bise sur la joue : «Bonjour, Claude, c'est l'fun de te revoir.»

Il s'assoit près de Bernard sur un tabouret chromé et recouvert de cuirette. Le sous-sol est semi-fini, avec des murs de ciment peints en blanc et un plancher de ciment peint en gris souris. Ma mère a descendu ses vieux tapis de Turquie pour assourdir le son. Il y a des boîtes d'œufs fixées en rangs d'oignons au plafond pour l'acoustique. Lulu et Eddy branchent leurs guitares sur les amplis et se mettent à jouer ensemble. La maison en tremble. Je n'entends rien, je regarde Eddy en train de *djammer*. Il est absorbé par sa musique. Par moments, il me jette un coup d'œil, un sourire en coin. Je me sens comme du jello aux fraises qui fond dans la bouche.

Après la pratique, on part dans la nuit tous les trois, Bernard, Eddy et moi. On entre au Moulin rouge et on commande des bières. La band est bonne et crie à tue-tête au monde entier d'aller en enfer. On fume comme des cheminées et on boit comme des trous. On se parle à peine parce qu'on ne peut pas s'entendre. La piste de danse est vide. On a envie de danser, mais on n'y va pas. Eddy me regarde dans les yeux. Bernard comprend tout et dit : «Bon, ben, j'vous laisse, j'm'en vas rejoindre Gisèle à la Moderne.»

Une fois Bernard parti, on décide d'aller danser un slow. Ça dure longtemps. On est tout seuls sur la piste. Tout le monde nous regarde. Eddy fait voyager ses mains sous mon T-shirt et il veut les faire descendre dans mes jeans. Olivier doit être rendu à Grand-

Remous. Ou peut-être qu'il s'est arrêté à Mont-Laurier prendre un café. J'ai chaud partout. Eddy voit que je suis distraite et il dit : « Allons-nous-en. »

On marche sur la *Main*. Eddy est silencieux et sa main serre la mienne très fort. Son désir m'enveloppe tout à coup et on s'embrasse comme des débiles au milieu du trottoir. Il dit : « Viens, on va prendre une chambre à l'hôtel Albert. »

— Y faudrait que j'téléphone chez nous.

— Chez vous, c'est à Montréal, dans ton apparte-ment.

— C'est vrai, c'est ben vrai.

En montant dans la chambre de l'hôtel, j'ai quand même des petits remords. Olivier doit être rendu à Saint-Jovite ou à Sainte-Agathe. Il est presque rendu. Il doit être furieux, furieux. Peut-être qu'il est soulagé dans le fond, un peu comme moi. Ça ne nous menait nulle part, cet amour-là.

Dans la chambre, tout est brun et gris, le couvre-lit, les tentures, le tapis, qui est brûlé à plusieurs endroits. Les draps sont propres. Il y a même une salle de bains. C'est le grand luxe.

Eddy me fait l'amour longtemps sous la douche. Il me chuchote des mots doux en me savonnant le dos et les fesses. On est couverts de mousse glissante, et je ne sais plus où j'en suis. Il me dit tout ce que je veux enten-dre. Vers deux heures du matin, au moment où nous allons nous mettre au lit, il demande si je veux rentrer à la maison. Je dis que ce n'est pas de ses affaires, et il éclate de rire. Et il recommence à me faire l'amour. Et la nuit passe. Olivier est arrivé à Montréal, c'est sûr. Il va appeler chez ma mère en rentrant, et elle lui dira que je n'y suis pas, qu'elle ne sait pas où je suis. Est-ce que je sais moi-même où je suis ?

Au petit matin, on sort sur la *Main*, blêmes comme les draps qu'on a laissés tout froissés dans la chambre. La sirène de la mine part. On est comme dans un film de guerre quand les gens courent vers les abris. Mais nous autres, à Noranda, quand la sirène de la mine part, on s'arrête un instant et on pense que toutes les femmes de mineurs sont inquiètes. Qui est resté au fond, écrasé par la roche ? Eddy me serre la main plus fort, et on se promène un peu en attendant qu'il soit sept heures et demie pour aller déjeuner au Kresge's. On se regarde dans les yeux et on ne dit rien. On n'a rien à se dire.

Il fait un froid gris fer. On marche sur la Lakeshore puis on descend dans le parc Trémoy. Les cheminées de la mine envoient des gros dessins de fumée dans le ciel. Les saules sentent très fort, comme après la pluie. Eddy finit par dire : « C'est qui ça, Olivier quelque chose ? »

— C'est un ami, comme ça.

— Il est venu te reconduire hier ? C'est ton nouveau chum ? Coco m'a dit que t'es allée en Europe avec lui.

— Oui, mais c'est pus mon chum. Je l'aime pus. Pus pantoute.

— Qu'est-ce qu'on va faire nous deux ?

— J'sais pas.

Tout à coup, j'éclate en sanglots. Je suis inconsolable. C'est comme si toute la tristesse du monde s'abattait sur moi. Eddy me prend dans ses bras.

— *Come on, baby, don't cry.*

La mine crache son gaz à plein ciel. Eddy me prend par la main, et on se dirige vers le Radio Grill. Prendre un coke, comme avant. Mais quelque chose s'est brisé en moi.

— Eddy, j'veux que tu m'aimes.

— Mais je t'aime bien, Claude.

— J'veux que tu m'aimes plus que ça.

— Qu'est-ce que tu veux dire?

— J'veux qu'on se marie tous les deux.

Un instant il hésite, et je pense qu'il m'offrira de partir avec lui. Mais il ne dit rien et continue de téter sa paille.

Je me lève et je mets trente sous dans le juke-box. Je presse une touche au hasard. Ça joue *Are You Lonesome Tonight...* Je me dirige vers la porte et je sors du Radio Grill, toute seule. Ça sent le gaz, la gorge me pique.

Il est neuf heures du matin. Je me relève la tête, je retourne chez moi en passant devant l'hôpital, en longeant le lac Osisko. Ma mère prend son déjeuner et ne réagit pas plus que ça à mon arrivée.

— T'as passé une bonne nuit, Claude?

— Oui, oui, m'man. Je prends l'autobus pour Montréal ce soir.

— De nuit? T'es ben pressée d'aller le rejoindre, ton Français?

— Olivier a appelé?

— Non, pourquoi?

— Rien. Pour rien. Je veux avoir la paix, c'est tout.

Je me mets à pleurer, et ma mère ne bouge pas. Elle ne dit pas un mot et, tranquillement, elle se lève, me met la main sur l'épaule. C'est la première fois que ma mère met sa main sur mon épaule. Elle dit: «Ma petite Claude, ma petite Claude.»

Je dis n'importe quoi. Olivier est parti. Je l'ai laissé partir. Peut-être que j'aurais dû le retenir. Pourquoi n'est-il pas resté? Il a eu peur de moi, du ciel d'Abitibi, des arbres morts, de la route trop longue. Olivier Thiers est sorti de ma vie. Olivier Thiers, mon beau Français de France.

Mais qu'est-ce que j'aurais fait d'Olivier? Et qu'est-ce que je ferais d'Eddy? Les raisins sont vraiment trop verts. Et je pleure et je pleure. À la fin, ma mère met une boîte de Kleenex devant moi et elle dit sérieusement :

— La mère des gars est loin d'être morte, fais-toi-z-en pas ma Claude.

On se regarde et puis, tout à coup, comme s'il n'y avait rien d'autre à faire, on éclate de rire toutes les deux.

Je crois bien qu'après tout je ferais mieux de rester quelque temps à Noranda avant de retourner à Montréal. Le temps d'oublier Olivier. Complètement. Ce soir j'irai voir *For Whom the Bell Tolls* au Paramount avec Gary Cooper et Ingrid Bergman. Un bon film de guerre et de love, ça me fera le plus grand bien. Et, qui sait? je rencontrerai peut-être Eddy par hasard sur la *Main*.